CRÓNICA: Un camino andado, una senda, un destino

DRA. MARÍA DORIS RODRIGUEZ

Prólogo por Viviana García Meléndez

Crónica: Un camino andado, una senda, un destino
2024 María Doris Rodríguez
ISBN: 9798337603728
Independent Publishing
Edición y Diseño: Viviana García Meléndez
Foto de perfil: Pamela Luquis

Para invitaciones y pedidos: WhatsApp 787-637-1286
Email: mariadorisr@gmail.com

Las referencias contenidas en este libro han sido tomadas de:
Biblia Dios Habla Hoy - Sociedades Bíblicas Unidas
Biblia Traducción Lenguaje Actual
Biblia Nueva Traducción Viviente - Tyndale House Publisher
Biblia Nueva Versión Internacional en español
Biblia Reina Valera (1960) - Sociedades Bíblicas Unidas
Biblia Traducción Lenguaje Actual

Categoría: Reflexión/Inspiración

Prohibido todo tipo de reproducción, alquiler o cualquier otra forma de cesión de la obra sin autorización previa y por escrito de la autora.

Contenido

CRÓNICA: Un camino, una senda, un destino

Dedicatoria 1

Estoy agradecida 2

Prólogo 3

Prefacio 4

Introducción 5

Décima 8

Un camino, un destino 11

Ese primer libro 17

Que rellenen los baches 23

Un buen refugio permanente 27

Dios me ve 33

Cuando el viento sopla 37

El abrigo "pa'fuera" 43

A tus pies 49

Un manto diferente 53

La picada de una hormiga 57

Si no puedes correr, camínalo 63

La sabiduría de los años 67

No está perdido 71

Una mazurca "bien tocá" 75

Pequeñas cosas, grandes resultados 79

¿A dónde vas?	83
A ti te digo…	87
Un destino glorioso	91
Una senda sin límites	95
Muchacho, sal de ahí	99
Que sean dos	103
Una esponja bien "enchumbá"	107
El árbol torcido	111
¡Gloria, gloria, gloria!	115
Un buen legado	121
Sorpresas que edifican	125
No pierdas los estribos	129
A mí "plin"	133
Al grano	137
Hacia ti	141
Si tan solo supieras	145
Parece que va a llover	149
Esta es mi tierra	153
La misma cantaleta	157
¡Vaya pregunta!	163
El tiempo pasa	161
Descubriendo posibilidades	171
Datos sobre la autora	173

Dedicatoria

Con todo el amor que se puede sentir por una mujer extraordinaria, que ha partido, pero ha dejado un legado. En memoria de **Carmen I. Beltrán Cruz (1960-2024)**

"Hay muchas mujeres virtuosas y capaces en el mundo, ¡pero tú las superas a todas!". Prov.31:29. Una madre, hermana, esposa, abuela, amiga, una mujer única. Peleó la buena batalla, terminó la carrera y mantuvo su fe. Dios en su infinita misericordia, la llamó para que fuera a morar junto a su regazo. El recuerdo de familiares y amigos es que fue una mujer abnegada, capaz de ayudar al prójimo, sin importar el lugar ni la ocasión. Un sí, era una respuesta de Dios a través de sus labios. Así celebraba la vida. Amó en la tierra sin reparos y también lo hace desde el cielo. Su amor no muere. Ese es su legado. A través de sus acciones, hizo más que sólo con palabras. El escritor y filósofo italiano Umberto Eco nos dejó un legado intelectual, a través de las siguientes palabras: "Porque cuando los actos comunican, la voz hace eco". Esta frase sugiere que, las acciones tienen un efecto en el mundo que nos rodea. Los resultados no se hacen esperar. Alguien más irá por ese camino andado, pues las huellas que quedaron, no se borrarán jamás. Carmen fue una viajera del tiempo que vino a dar amor, a aprender, a compartir y a tocar corazones para que le saquen partida a su existencia. Dios, en su infinita bondad, nos hace partícipes de su creación y en medio de ella, allí puso a Carmen, a los abuelos y a las abuelas, para recordarnos que siempre deben estar en nuestros corazones, aun en la distancia.

Estoy agradecida

Dios, que me ha llevado a creer sin haber visto, sigue siendo la fuerza que me inspira a seguir a adelante. Es el ancla que hace que me detenga cuando parece que voy sin rumbo. En cada libro que he escrito, he podido aprender lo que me convenía y a la vez desaprender lo que no me favorecía ni añadía algo positivo a mi vida. No lo hubiera logrado si no fuera por personas que, creyendo en mí, decidieron apoyarme en todo momento. ¡Qué privilegio! ¡Qué bendición!

Gracias a aquellos, que aun sin saberlo, han aportado para que mi vida sea un poco más placentera. Aquí están mis amigos y amigas del alma, aquellos, que en ocasiones me cargan y me abrazan. Hay cosas que nunca olvidaré, los amigos son como los libros, no necesitas tener muchos, sino los mejores. Todos ellos saben quiénes son. Si miro hacia la izquierda o hacia la derecha, ahí están con su sonrisa diciéndome…no te rindas, tú puedes.

Gracias Carlos Méndez, por tu inspiración y entrega al escribir la décima incluida en cada uno de mis libros. Nadie podría hacerlo mejor.

Gracias Viviana García por aceptar el compromiso de convertirte en la editora y diseñadora de este proyecto.

Gracias Pamela Luquis que, con cámara en mano, estuviste dispuesta a tomar las mejores fotos para una portada que habla por sí sola.

Gracias Nelson Luquis. Tu reacción a los primeros capítulos, tuvieron un efecto tal, que hoy disfruto haberlo llevado a su fin.

¡Dios es mi todo, no falla jamás

Prólogo

¡Cuán valioso son nuestros viejos! En un mundo tan acelerado y con altas expectativas, se nos hace fácil pasar de largo aquellos elementos que arrojan luz a nuestra vida. El personaje del abuelo nos obliga a detenernos y apreciar los detalles de nuestro entorno. Son precisamente estos detalles, los que nos enriquecen en el día a día. Estoy segura que podrás relacionarte con cada personaje de manera liviana o profunda. Tal vez, fuiste aquél que recibió los consejos llenos de sabiduría de un pariente, abuelo o ser querido. Quizá ya los años te han llevado a compartir el conocimiento de la experiencia. A lo mejor, ha sido Dios mismo el que te ha conducido en este complejo caminar.

De cualquier manera, mientras navegas por las anécdotas y enseñanzas, recordarás página tras página, lo valioso de esta senda llamada vida. Definitivamente, este libro inspira a ser intencionales con los que nos rodean y a comprender que tenemos el poder de dejar un legado influyente a los que nos preceden.

Prefacio

Es con mucho placer que te presento este nuevo libro, *Crónica: Un camino andado, una senda, un destino*. Compartir este quinto libro es el mejor regalo que me he podido hacer. Ha conllevado repasar los libros anteriores hasta recibir la Inspiración Divina.

No sé si les pasa a otros autores, pero se me ocurrió pensar que este sería el último. Eso sí, te compartiré, que a través de esta experiencia descubrirás un camino ya andado que Jesús ha trazado para bendecirnos, ya que Él, lo hizo primero. Otras personas, al igual que Jesús, se han ocupado de hacer lo posible para inspirarnos a seguir adelante, sabiendo que nunca es tarde para emprender nuestro caminar hacia nuevas experiencias.

Como en otras ocasiones no podrán faltar aquellas historias, anécdotas, citas, pensamientos llenos de optimismo y palabras de fe que te harán reflexionar. Será un viaje repleto de muchas experiencias personales y de aportaciones de otros, que como tú y yo han decidido tomar el camino que más nos acerca al Creador y a su creación.

La invitación está hecha. Somos viajeros buscando expresar lo mejor que la vida nos ha regalado. Esa es la verdadera razón de este libro. ¡Disfrútalo!

"Para un auténtico escritor, cada libro debería ser un nuevo comienzo en el que él intenta algo que está más allá de su alcance". - Ernest Hemingway

Introducción

¡Gracias Dios! He llegado al quinto libro. De algo estoy segura y sin temor a equivocarme, todos han sido escritos con el corazón en la mano. Lo sé porque mientras camino durante las mañanas, en la tarde o cuando me siento frente a la computadora empiezo a recibir las palabras que debo compartir en cada capítulo. Siento que Dios me las va dictando. No existe un bosquejo previo, pues confío en que la Inspiración Divina me guía. Lo que comenzó sin grandes pretensiones, tiene un final hermoso. Un libro para reflexionar, traer recuerdos vividos con pasión y quién sabe, puede ser tu historia y sus lindos recuerdos.

Tuve la oportunidad de leer unas palabras que, me impactaron de una manera extraordinaria, escritas por José Luis González: "La siembra y la escritura son metáforas que expresan la creación de un legado perdurable. Plantar un árbol significa sembrar lo que crece y produce fruto en el futuro, mientras que escribir un libro es la expresión de ideas y sentimientos inmortales para otros".

Siendo la escritura una forma de comunicar y preservar las ideas y los sentimientos, es importante escudriñar para nutrir nuestro intelecto. De esta manera descubrimos aquellos pensamientos y frases que, personas con mucha sensibilidad, decidieron compartir en algún momento de sus vidas. Este es uno de ellos:

"Escribir es la única forma de dejar una huella en el mundo, de decir: yo estuve aquí, esto es lo que pensé, esto es lo que sentí. Lo demás es efímero." – Isabel Allende

Crónica: Un camino, una senda, un destino, es precisamente, ese vehículo que te transportará por lugares que revivirán recuerdos en tu memoria y hará que de vez en cuando, una sonrisa se refleje en tu rostro. Ha tomado algún tiempo en salir a la luz porque hay relatos conmovedores, experiencias vividas y sugerencias para descubrir un destino que estaba escrito en el libro de la vida, que fue el primero que Dios compartió, a través de hombres y mujeres de fe.

Don Tomás Aguirre, un hombre con la sabiduría de los años, se sentía dichoso porque la vida le regaló varios nietos. Uno de ellos, el menor, le cambió la vida. Sucedió que cuando su hija Malena, le anunció que estaba embarazada, don Tomás le propuso que si era niño, a él le gustaría que le pusieran por nombre Lucas. Su hija le preguntó por qué ese nombre, a lo que le contestó que estuvo leyendo un artículo sobre los nombres de las personas y vio que el significado era "iluminado o resplandeciente". Los futuros padres lo aceptaron, así que cuando nació lo llamaron Lucas. Esto hizo feliz al abuelo.

Don Tomás estaba retirado, toda su vida se dedicó a la siembra y a la pesca. Ahora le quedaba bastante tiempo para hacer otras cosas, como caminar hasta el pueblo, visitar algunos vecinos y leer que era su pasión. Había enviudado, hacía como un año. Hubo momentos que la tristeza lo embargaba y se refugiaba en una hamaca que su querida esposa cosió para él. En otros momentos tomaba una Biblia que guardaba con mucho cariño. Disfrutaba su lectura y a la vez hacía marcas en todo aquello que consideraba ser una bendición.

Don Tomás dejó un legado a través de Lucas. Según pasaba el tiempo le iba enseñando a descubrir las grandezas que se esconden en los seres humanos, además de depositar en su mente joven todo lo que aprendió cuando dejó que, fueran Jesús y sus enseñanzas quienes dirigieran su vida. Conocerás más de abuelo Tomás y su nieto Lucas a medida que vayas haciendo tuya esta historia que evoca momentos inolvidables. Desde pequeño, Lucas había demostrado ser un niño muy inteligente. Le agradaba estar con su abuelo porque entendía que era la persona que mejor lo conocía. No pasaba un solo momento en que Don Tomás no hiciera un depósito en su nieto.

Abuelo y nieto se ocuparán de que durante este viaje te mantengas despierto, alerta, y receptivo a recibir todo lo que Dios tiene reservado para tu vida. Es un paseo por caminos, valles, senderos y lugares que te recordarán qué maravillosa es la creación de Dios. Hay recuerdos de experiencias vividas desde que Lucas era apenas un adolescente, donde abuelo Tomás destacó todas las cosas que su nieto recordaría para siempre.

Este caminar tiene sentido. Será capaz de despertar en ti un deseo de descubrir aquello que está guardado en tu interior. Dios, que lo conoce todo, se hará cargo para que cada página del libro te transporte a recuerdos que tal vez hayas olvidado. Al final, harás cambios de rutas, pero nunca te desviarás del camino que Jesús te señala, porque Él lo anduvo primero.

Dag Hammarskjöld, ex secretario de las Naciones Unidas y Premio Nobel de la Paz, nos legó estas palabras: "El viaje más largo es el viaje hacia el interior, pues aquel que ha elegido su destino ha iniciado la búsqueda del origen de su ser". Estas palabras, aunque profundas, nos llevan a reflexionar con el propósito de sacar lo mejor de cada uno de nosotros.

Este caminar tiene propósito. Es el plan que Dios tiene asignado para cada de uno de sus hijos. Es un plan perfecto que nos va a permitir aprender, crecer y tomar decisiones que nos harán parecernos cada vez más a Él. Vienen a mi memoria unas palabras que se le atribuyen a Séneca, filósofo romano: "Lo que importa no es lo que sabes, sino lo que haces con lo que sabes".

Este caminar que empieza aquí y ahora, sí tiene un final que nos eleva al cielo. Cada lector podrá decidir si cierra el libro o si continúa leyendo. Este, tal vez, es el libro de tu vida y las experiencias un poco olvidadas, escrito por otra persona.

Décima

Dejando huella
Relatos conmovedores
de experiencias de la vida,
de una manera fluida
Doris brinda a sus lectores.
En literarias labores
este quinto libro sella,
historias que en forma bella
narran inmensa ternura,
así en la literatura
nuevamente deja huella.

A través de abuelo y nieto
ilimitada es la senda,
de aquello que recomienda
en este escrito completo.
Doris, en su quinto reto,
es cual refulgente estrella,
su narrativa destella
un estilo claro y justo
y su libro, con buen gusto,
nuevamente deja huella.

Carlos J. Méndez Betancourt (2024)
Maestro, compositor, músico y pintor.

Un camino andado, una senda, un destino

"No vayas por donde el camino te lleve. Ve en cambio por donde no hay camino y deja rastro."

-Ralph Waldo Emerson

Un camino, un destino

Don Tomás rondaba por los 80 años. Recorría casi todos los días varios kilómetros para ir de su casa al pueblo. Nunca se quejaba por lo largo del trecho y menos aún, por hacerlo a pie. Aunque tenía una guagua en buenas condiciones, para él era un deleite, que no cambiaría por nada. Durante el trayecto saludaba a todo el que se encontraba en el camino. Hacía algunos años que había enviudado, así que su caminar, en parte era para dejar atrás algunos recuerdos que le causaban tristeza. Tenía dos hijas, un hijo y cuatro nietos que se ocupaban de hacerle la vida placentera. Don Tomás tenía una vitalidad que muchos no entendían. En cada paso que daba, dejaba algo de él, un abrazo, un apretón de manos, una palabra de aliento y en ocasiones le recordaba a la gente cuánto Dios los amaba. Algunas personas pensaban que eso era lo que lo mantenía tan activo. Ese deseo de vivir, era lo que lo movía cada semana a hacer su recorrido mañanero.

Fueron tantos los años que llevaba a cabo esta tarea, que un día los vecinos se preguntaban qué había sido de Don Tomás que ya no lo veían pasar. Se dieron a la tarea de indagar por el pueblo para saber dónde él vivía y qué le pasaba. La sorpresa fue grande. Don Tomás se sentía cansado. No tenía la misma fuerza que antes y decidió quedarse en su casa. Allí aprovechaba para coger fresco desde su hamaca, leer el periódico, uno que otro libro y la Biblia. La pregunta no se hizo esperar. ¿Cómo es posible, si parece un roble? Un familiar cercano explicó que le aparecieron varios achaques que le mantenían en su casa sin salir para el pueblo. No tenía enfermedad alguna, sino un poco de tristeza por no poder continuar con sus caminatas, volver a recorrer caminos ya andados varias veces y no poder disfrutar de la naturaleza ni de la gente que lo rodeaba.

Lucas, consciente del legado que dejaría su abuelo a las siguientes generaciones, hizo la costumbre de llevar una libreta para tomar nota de lo que el abuelo decía, la que guardaba con mucho celo. Sabía que un día, cuando su abuelo ya no estuviera presente, el recuerdo de sus enseñanzas, iban a perdurar al contar lo que le enseñó desde que era muy niño. No olvidará, cómo empezó su caminar junto a su abuelo, claro, había un camino y un destino que eran parte de la historia de un nieto y su abuelo ¡Tenía tantas historias, anécdotas y cuentos! Lucas jamás olvidó aquellas palabras compartidas por el abuelo, que se encontraban en un libro que llevaba por título, *El regreso del trapero*: «**Hemos nacido para un destino más elevado que el terrenal. Existe un reino en donde el arcoíris jamás se desvanece, en donde las estrellas se desplegarán ante nosotros como islas que dormitan en el océano y en donde, los seres que ahora pasan ante nosotros como sombras, permanecerán en nuestra presencia para siempre**».

Fueron muchas las historias que su abuelo le compartía. Algunas eran para enseñarle cómo ser una mejor persona en todos los aspectos. Otras para que nutriera el espíritu. Para ello, buscaba una vieja Biblia que tenía guardada y que sacaba, justo cuando él llegaba a visitarlo. Lucas compartía con sus amigos de la escuela que jamás vio a su abuelo molesto, maldiciendo o juzgando a alguien, aunque tuviera la razón. Su abuelo era su amigo, maestro, en quien más confiaba. Un día el abuelo le dijo a Lucas que, aunque viviera en un mundo natural rodeado de gente, era una persona que debía dejarse guiar por las enseñanzas de Jesús y hacer que Él fuera el centro de su vida para que su espíritu se nutriera y creciera siendo alguien especial.

El abuelo quiso sembrarle la idea de que cada historia en la Biblia tiene una enseñanza y hay que aprender a utilizarla. Lucas recuerda con cariño la forma peculiar de su abuelo para que se enamorara de Jesús. Le decía que había que estudiar e ir a lo más profundo, eso sí, poco a poco hasta encontrar qué es lo que deseamos aprender. En ocasiones se utiliza el sentido figurado para ir más allá de lo que dice y así sacarle un mayor provecho. Lucas le preguntó qué era eso del sentido figurado y Don Tomás, como siempre le dio la respuesta. Le dijo, "Es ir descubriendo cuál es el mensaje que se encuentra dentro de cada línea y qué nos quiere decir de forma sencilla para comprenderlo mejor".

Aunque Lucas era el nieto menor, se mantenía expectante todo el tiempo. Sabía que algo extraordinario iba a ocurrir porque su abuelo era una caja de sorpresas. Así fue que Lucas lo contó en un momento dado, "Abuelo no dejaba nada inconcluso. Un día me aseguró que todavía le quedaba mucho por enseñar y como había notado mi interés de seguir aprendiendo, quedó en que cuando volviera iba a tener algo más, porque lo prometido es deuda. Le pregunté qué querían decir esas palabras y de forma sencilla me lo explicó para que lo tuviera claro". "Esta frase señala el cumplimiento de alguna promesa o compromiso que se ha hecho. Es tanto para recordar a un deudor que debe cumplir con algo prometido, así como señal de que se ha cumplido con una palabra dada. Estás viviendo el mejor momento pues estás aprendiendo cosas que ni los adultos conocen", dijo el abuelo.

Lucas estaba consciente que su abuelo era una mina de conocimientos, así que lo iba aprovechar. Su deseo de ser como él, era grande. Anhelaba con todo su corazón que, en adelante, cada encuentro fuera uno para añadir sabiduría a su propia vida. Sabía que, si empezaba a su corta edad, tenía un mundo de oportunidades para lograr lo que su abuelo obtuvo a través de toda su vida, un camino andado y un destino asegurado acorde con el plan de Dios.

Don Tomás no tenía idea que, su nieto tan joven, iba a ayudarlo a descubrir cuántas cosas hacen grande al ser humano. A su corta edad hacía preguntas que denotaban que estaba receptivo a lo que recibía en cada encuentro. Lucas no tenía duda, su abuelo haría de él un hombre sensato, humilde, capaz de lograr grandes cosas. Tal vez nunca olvide el salmo que dice, «**Enséñame tus caminos, oh Señor, para que viva de acuerdo a tu verdad. Concédeme pureza de corazón, para que te honre. Con todo el corazón te alabare, oh Señor, mi Dios; daré gloria a tu nombre para siempre**» (86:11-12).

"Si no te gusta un libro no lo leas;
si no te gusta leer, no lo hagas.
La lectura no es una moda, es
una forma de felicidad."

-Jorge Luis Borges

Ese primer libro

Lucas nunca dejaba de hacerle preguntas al abuelo. Un día muy lluvioso llegó hasta su casa. Estaba preparando un asopao de gandules, de los que él mismo había cosechado. Estaba tan entretenido que no lo escuchó llegar, así que se detuvo por unos minutos antes de saludarlo, pues el abuelo iba de un lado para otro disfrutándose lo que hacía. Cuando al final se dio cuenta, se acercó, le dio un fuerte abrazo y lo invitó a compartir lo que estaba cocinando. Lucas cuenta que, acto seguido, se sentaron a la mesa. Luego de comer no podía faltar el pocillo de café negro, que de pequeño le enseñó a tomarlo sin remilgos. Como nieto, se sentía la persona más feliz del mundo. De aquí en adelante, dejemos que sea Lucas el que nos lleve por un camino andado, una senda, un destino, que son las experiencias vividas que él nos comparte para nuestro disfrute.

Continuaba lloviendo, así que nos sentamos en la sala, donde a través de un ventanal podíamos ver la lluvia caer. Siempre que tenía la oportunidad, le hacía preguntas al abuelo. A veces, él se extrañaba que yo demostrara un interés particular por temas que a muchos adultos no les interesaba. Ese día miré alrededor y vi varias tablillas repletas de libros. La pregunta surgió al instante, "Abuelo, ¿qué tengo que hacer para escribir un libro?".

La respuesta no se hizo esperar, "Lucas, hay cosas que debes tener presente. Tu abuela, por ejemplo, llegó a escribir varios libros. La ayudó mucho que fue maestra de escuela, así que aprovechó mucho de lo aprendido para expresarlo a través de sus libros. Tenía seguidores que la admiraban por su sencillez y carisma. Fue bendecida de muchas maneras. La gente elogiaba la forma diferente de ella escribir sus libros. Se lo hacían saber con comentarios que la movían a tomar nuevas fuerzas para escribir el próximo. Así lo hizo por varios años".

Luego del comentario y acto seguido, el abuelo empezó con su charla, "Lo primero que debes hacer es preguntarte cuál es el propósito para desear escribir un libro. Hay que tener presente que, va a costar tiempo, esfuerzo y dinero. ¿Qué te parece si empezamos?". Claro que sí, le dije a abuelo. "Entonces, 'pa luego' es tarde", señaló el abuelo. "Lucas, son muchas las personas que llevan muy dentro el deseo de escribir un libro. Luego de analizarlo descubren que esa vocación literaria que sienten, no la llevan a la práctica por no sentirse capaces de lograrlo. Si es así, en tu caso, puedes recurrir a personas que te inspiren, te den la mano y te motiven".

El abuelo añadió, "Cuando tomas la decisión de empezar, y lo haces con un borrador, ya has dado un primer paso sumamente importante. Esto creará una emoción tan grande que te empujará a seguir a lo próximo. Si lo deseas con todo tu corazón, tu sueño se hará realidad y un día podrás decir con mucho orgullo, «ese libro que tú ves ahí, lo escribí yo»".

Algunos escritores sienten la afición de convertirse en alguien, que puede exponer sus ideas por el placer de hacerlo a través de un libro. De la misma manera que, hay personas que se distinguen a través de sus pinturas, la música, el diseño, la arquitectura y otras tantas ramas, así es que los escritores logran tener una gran satisfacción que no se puede comparar. No se debe dejar de intentarlo hasta ver alcanzado ese sueño. De esa manera no sentirás que fallaste o que tu fe menguó. Es aceptable detenerse para buscar aquello que te ha de impulsar hacia la creatividad y así ver logrado lo que te has propuesto. Lo próximo es importante y no debe darse por sentado.

Una de las razones, aunque no es la más importante, es ganar dinero. Muchos escritores, además de publicar sus libros, tienen un empleo a tiempo completo que les genera un salario. Lucas, como te decía hace un rato, escribir un libro cuesta tiempo, esfuerzo y también ganar dinero.

Tal vez tengas la intención de escribir ese primer libro y dejarlo ahí, pero si es una afición, intentarás continuar haciéndolo por mucho tiempo. Todo va a depender cómo la gente lo recibe. Hay temas que llaman mucho la atención y son bien recibidos, otros no lo son. Es importante que te asegures que lo que deseas escribir, empiece a ser aceptado desde el título".

Abuelo no se detenía. Era como una enciclopedia andante. Leía de todo. Escudriñaba hasta que encontraba todo lo que buscaba. Eso mismo era lo que me quería trasmitir. Para terminar con el tema del libro me dijo que había otras cosas que se debían tener en cuenta, así que otro día continuaremos con el tema, tal vez cuando empieces con el título.

Para hacerlo diferente, antes de que me fuera, abuelo me compartió estas palabras de Barry López (La Nación, 2022) escritor y ensayista norteamericano: *«Las historias que cuenta la gente tienen una cierta manera de cuidarse a sí mismas. Si hasta ti llega alguna, cuídala. Aprende a darla allí donde haga falta. A veces una persona, para seguir viviendo, necesita más de una historia que de comida. Por eso ponemos estos relatos en la memoria de todos. Es así como la gente puede cuidar de sí misma».*

"Estas palabras son un tanto profundas", dijo abuelo. "Eso no debe preocuparte. Irás poco a poco. Si las tomas en consideración, te darás cuenta, que tú también puedes dejar un legado para una próxima generación, en ése, tu primer libro".

Algo particular era, que abuelo siempre buscaba cómo dejar unas palabras que fueran más allá del intelecto. Me sugirió que buscara en la Biblia estos versículos, **«Pero ahora hijo mío, déjame**

darte un consejo más: ten cuidado, porque escribir libros es algo que nunca termina y estudiar mucho te agota. Aquí culmina el relato. Mi conclusión final es la siguiente: teme a Dios y obedece sus mandatos, porque ese es el deber que tenemos todos» (Eclesiastés 12:12-13).

Animado en gran manera, regresé a casa lleno de entusiasmo. Por el camino me decía que algún día sería escritor y el primer libro se lo dedicaría mi abuelo, pues supo desde siempre que haría de mí, una gran persona. Me vino bien recordar estas palabras de Ralph Waldo Emerson, quien dijo en una ocasión: «Algunos libros nos dejan libres y algunos libros nos hacen libres». Abuelo conocía estas palabras, pues la base de sus enseñanzas, iban dirigidas a ampliar una serie de conocimientos que nos expande la visión del mundo, si así nos lo proponemos.

Al instante, me llegó la idea para ese primer libro que llevaría por título, *Crónica: Un camino andado, una senda, un destino*. Abuelo me había mencionado hace algún tiempo, que una crónica literaria que apareció en el siglo XX, volvió a crear una narrativa descriptiva de hechos, pero donde interviene en gran medida la creatividad del escritor. Así, tiene permitido usar elementos de ficción para que el texto sea llamativo, aunque sin despegarse enteramente de la realidad. En relación al autor, me dijo que las crónicas son escritas por testigos presenciales, ya sean en primera o tercera persona.

El camino andado por mi abuelo, merece en gran manera ser mencionado, tomando en cuenta que sus relatos trascienden tiempo y espacio. Abuelo provechó sus caminatas, sus recuerdos y experiencias que le fueron nutriendo el espíritu. Cuando lleguen los biznietos, ellos también se sentirán orgullosos como yo lo estoy hoy.

El Señor es bueno. Hace lo correcto y muestra el buen camino.

Que rellenen los baches

Luego de varios días, iba camino a la casa del abuelo cuando me encontré con Don Eladio, uno de sus viejos amigos. Se emocionó cuando me vio, pues un día se me ocurrió decirle que le iba a compartir parte de las historias que el abuelo me contaba. Aunque yo tenía un poco de prisa, no me pude negar.

Le dije a Don Eladio que pusiera mucha atención, pues abuelo sabe que lo que me está depositando no es en vano. De hecho, me insistió en que no olvidara estas palabras que se encuentran el libro de los Salmos 18:30-31: «**El camino de Dios es perfecto. Todas las promesas del Señor demuestran ser verdaderas. Él es escudo para todos los que buscan su protección. Dios me arma de fuerza y hace perfecto mi camino**».

Esas palabras me hicieron recordar algunas de las cosas que me pasaron cuando pequeño. Tenía como once años, ya iba solo a la escuela y para ello atravesaba una calle ancha. Luego empezaba un camino de tierra. Cuando llovía se hacían unos baches que eran bastante difíciles de pasar. A veces era imposible que los zapatos no se llenaran de la tierra fangosa. Al llegar a la casa, mi mamá me preguntaba de dónde venía con los zapatos tan "enfangaos". A veces no me creía. Me regañaba y no me dejaba salir a jugar con mis amigos. Siempre le contaba al abuelo lo que me había pasado y él me consolaba. Un día le pregunté por qué razón se formaban los baches. Como siempre, él tenía una respuesta. Muy seguro y firme me explicaba que se formaban por diferentes causas: mala calidad del producto que se utilizaba o insuficiente espesor, mucho tránsito pesado o tal vez por la mucha lluvia, que a veces caía en exceso.

Abuelo no dejaba de sorprenderme. Enseguida buscaba la forma de traerme una enseñanza, así que me contó que Juan el Bautista junto a los márgenes del Jordán, ante un montón de gente de toda Judea, hizo suyas las palabras de Isaías y gritó con voz potente para que todos le escucharan: «**Soy la voz de uno que grita en el desierto: ¡Preparad los caminos para el Señor! Enderezadle todas las sendas. Que se rellenen todos los baches. Que los montes y las colinas se abajen. Que todos los tramos tortuosos se arreglen bien**».

Mientras Don Eladio me miraba atento, continué diciéndole que salía el filósofo que había en abuelo. Con voz tenue pero seguro de lo que estaba diciendo, abuelo me mandaba a sentar cerca de él. Cuando había logrado que yo pusiera toda mi atención en lo que me iba a decir, entonces proseguía, "Ese pasaje bíblico es hermoso. Nos trae a la memoria ese momento cuando nuestro Señor había de venir para arreglar todo lo que había sido dañado. Venía a restaurar no sólo lo que sucedía fuera sino no lo que acontecía dentro del ser humano por causa de su desobediencia. Era importante que tan glorioso momento no fuera empañado por las circunstancias que rodeaban a la gente de Judea. Hasta los simples baches debían ser eliminados".

Luego de esta corta explicación, continuaba con lo que era la aplicación de las palabras de Juan el Bautista. A mis catorce años me doy cuenta que mi abuelo era un hombre sabio. Esto me dijo, "Aunque tú eres muy joven, debes saber que algún día mis palabras te harán sentido. Todos los seres humanos hemos experimentado baches en nuestro caminar por la vida. Esto hace que se retrase el logro de nuestros sueños. Tal vez no entiendas los regaños de tu mamá, sin embargo, piensa que ella también debe haber tenido que atravesar baches que le dificultaban salir adelante con su familia. Es bueno que sepas que los baches, vistos de otra manera, son todas aquellas cosas que nos impiden avanzar. Es como si todo se detuviera y empezaras a dar marcha hacia atrás en vez de ir hacia adelante. A veces, es muy difícil entender estas cosas pero si lo vemos desde la justa perspectiva, es posible que le saquemos provecho. Qué bueno que estás tomando nota de esto. Cuando lo vuelvas a leer te hará más sentido."

Abuelo me dijo que estaba feliz de ver lo aplicado que yo era a mi corta edad. "Creo que un día de estos, tú serás el que me enseñará a mí", añadió. Dicho esto, para que no quedara ninguna duda, me dijo, "Una de las cosas que debes evitar es que esos baches se interpongan y pierdas la oportunidad de salir adelante con algo que hayas soñado. Siempre debes tener presente, que el camino de la fe puede estar rodeado de alguno que otro bache. Es en ese momento que se debes fortalecer, precisamente la fe, para que al final del camino veas cuánto has logrado. Solo debes retomar el momento para hacer lo que haya que hacerse. Ante el bache de la incredulidad, debemos desarrollar una fe inquebrantable. Ante el bache de la discordia, podemos sumarle una buena dosis de paz. Ante el bache de la inseguridad, hemos de añadirle una porción de firmeza. Ante el bache de la soledad, colmarla de un tiempo solemne. Ante el bache de la injusticia, intentar permanecer ecuánime. Ante el bache de la deslealtad, otorgarle un buen grado de nobleza. Además, ante el bache de la desesperación, mirar la vida con optimismo".

Don Eladio me hizo saber que estaba orgulloso de mí. Dijo que a veces se le hacía difícil que siendo yo tan jovencito, tenía la capacidad de entender a una persona mayor. A eso le contesté que mi abuelo no era cualquier persona mayor, era un ser especial que vino a este mundo con un gran propósito. Le aseguré que sería igual que abuelo, pues lo que me enseñaba era para que fuera de beneficio no solo para mí sino para todas las personas con las que compartiera según iba creciendo.

Dios siempre está dispuesto para confortarnos cuando nos sentimos vulnerables.

Un refugio permanente

Era una mañana donde el sol resplandecía, sin embargo, mami estaba tristona. Por eso cuando me llamó y me pidió que me sentara a su lado, pensé que algo malo le estaba pasando. Me dijo, "Lucas, no he dormido muy bien. He estado toda la noche pensando en mil cosas. Di vueltas y vueltas en la cama y no podía dormirme". Enseguida le pregunté qué era lo que la angustiaba tanto. Luego de unos minutos, por fin, empezó a compartirme cuál era la situación.

Me dijo que, en la última visita al médico, este le había dicho que tenían que hacerle unos exámenes porque algo andaba mal. A ella le preocupaba que, si le pasaba algo, yo iba a quedar solo sin que nadie se hiciera cargo de mi cuidado. La noté tan triste que intenté hacerle una broma para que olvidara un poco lo que le pasaba. No me resultó, así que le dije que fuéramos a casa del abuelo. Al principio me dijo que no, pero al insistirle, logré que me acompañara después del mediodía.

Abuelo se asombró de vernos. Mami casi nunca pasaba por su casa a mediados de la semana. Le hice una señal al abuelo para que no preguntara nada. Se dio cuenta y procedió a invitarnos a tomarnos el cafecito de la tarde que estaba acabado de colar. Mami se acercó al abuelo, lo abrazó fuerte y luego le dijo: "Papá, no tengo fuerzas. Me siento débil, sola y abandonada. Ya no tengo deseos de luchar. Todo está perdido". Abuelo, sin soltarla, la escuchó en silencio. Tan pronto tuvo la ocasión, la sentó, le puso su brazo sobre el hombro y le dijo unas palabras que jamás olvidaré, "Hija mía, tú sí tienes algo donde cobijarte, son alas, bajo las cuales Dios te protege. Cuando David, sí David el de la Biblia, huía de las amenazas que lo asechaban, dijo estas palabras, que están en el Salmo 57:1, hazlas tuyas: **«Ten misericordia de mí, oh Dios, ten misericordia de mí; porque en ti ha confiado mi alma, y en la sombra de tus alas me ampararé hasta que pasen los quebrantos»**".

Una lágrima rodó por la mejilla de mami. Quedé impresionado. Al momento noté que una sonrisa aparecía en su rostro. No tuvo que decir nada, yo sabía que Dios había hecho lo que ha prometido a través de Su palabra: **«No tengas miedo ni te desanimes»** (Josué 1:9).

Luego de compartir un rato con abuelo, nos fuimos de vuelta a casa. Mami era otra persona. Había entendido que el amor de Dios es tan grande, que la llevó a casa del abuelo, no para que lo saludara sino para que recibiera la palabra que sanaría su tristeza y alegraría su alma.

Al otro día, cuando le conté al abuelo lo que sucedió, se alegró. Me dijo que sabía que eso iba a pasar. Con voz suave concluyó, "Nunca olvido que la amabilidad y la cortesía vuelven a un hombre común en uno superior. He aprendido tanto de Jesús, que fue claro cuando dijo: **«Les aseguro que el que confía en mí hará lo mismo que yo hago. Y, como yo voy donde está mi Padre, ustedes harán cosas todavía mayores de las que yo he hecho»** (Juan 14:12)".

Acto seguido, abuelo me dijo, "Lucas, cada vez que tengas la oportunidad, dedícale tiempo a tu madre. Recuérdale que sus alas vienen a ser la fe que deposita en Dios durante los tiempos de angustia que a veces suelen ocurrir. De todo lo que has ido aprendiendo, ve haciendo pequeños depósitos en el alma de tu madre. Ella irá comprendiendo que tan pronto aparezca algo que la inquiete, puede recurrir a aquellas promesas de Dios que están disponibles para todo aquel que le crea. Además, le puedes decir que ella sí tiene alas que la cobijan. Busca el bosquejo que copiaste la semana pasada, es sencillo de comprender y le hará mucho bien, pues recoge en parte lo que hemos estado compartiendo.

- Alas de la esperanza – la llevan a esperar lo mejor, sin dudas ni temor.
- Alas del amor – la llevan a verse como Dios la ve.
- Alas de la misericordia – la llevan a ser compasiva consigo misma.
- Alas de la empatía – la llevan a comprender a los demás.
- Alas de la paz – la sumergen en la presencia de Dios.
- Alas de la gracia – la cubren para que se disipe toda tristeza que la aleja de la verdad que no cambia. Dios la ama sin condiciones.

Abuelo aprovechó y me dijo, "Hay un cuento que me agrada mucho. Te lo voy a compartir. Luego cuéntaselo a tu mamá.

Había una vez una hermosa ave que le fue anunciado que iba a ser madre. Ella muy contenta, hizo planes y preparó el mejor lugar para la nueva criatura que iba a llegar. Pasaron los días y llegó la hora de recibir a su primogénito. Su sorpresa fue grande. Al ver el nido donde depositó a su hijo, notó que no tenía alas. Llegó la tristeza y la incertidumbre al no saber cómo le explicaría que no iba a poder volar. Pasaron varios meses, el nuevo pájaro se veía feliz. Aún sin alas, caminaba de un lado para otro, disfrutando de todo lo que le rodeaba. Su madre, por otro lado, se veía un poco angustiada. Veía su criatura sin alas y se ponía más triste. Un día, su hijo se le acercó, buscó acomodarse bajo sus alas y le dijo lo siguiente: 'Tal parece que Dios no me tuvo en cuenta y no me dio alas como a los demás pájaros. Yo creo que hay un propósito. Dios me anima, me da otros talentos para que no me ponga triste. Contigo hace lo mismo.

Cuando yo necesite ir a algún lugar, tú con tus grandes alas, me llevarás sobre tu lomo. Nunca vamos a estar más juntos que en esos momentos. Estamos aprendiendo y madurando. Yo aprenderé a hacer cosas donde no se necesitan alas y tú harás el resto.'Luego de esta conversación, notaron que iba a llover, así que regresaron a cobijarse en un lugar seguro. Desde ese momento, ambos se cuidaron, compartieron momentos hermosos, tanto si llovía, como si hacía sol. Nunca olvidaron el potencial que había en cada uno. Vivieron juntos por siempre, haciéndose felices el uno al otro".

Varios días después leí nuevamente el cuento. Otra vez abuelo lo volvió a hacer. Con un simple cuento me hizo recordar que Dios hace que lo imposible sea posible porque Él es Todopoderoso. "Aférrate a Dios y clama a él cuando lleguen las circunstancias difíciles a tu vida. A su debido tiempo verás a Dios obrar porque su poder no tiene límites. Sus alas nos cobijan, nos dan calor y arrullan para que siempre nos sintamos protegidos. El refugio que nos ofrece es permanente. No olvides estas palabras de Dalai Lama: «La gente **toma diferentes caminos en busca de la felicidad. El hecho de que ellos no estén en su camino, no significa que lo hayan perdido**»".

Un camino andado, una senda, un destino

Dios lo ve todo, aun así, no toma en cuenta cualquier error que cometamos.

Dios me ve

Tener un viejo sabio como abuelo, es lo mejor que la vida me ha regalado. Nunca dejaré de darle gracias a Dios por cada momento compartido. Escucharlo de pequeño e ir creciendo aprendiendo de su sabiduría era lo más extraordinario que me podía haber ocurrido. Uno de esos días, que estaba más lúcido, quiso que yo escuchara cómo se desarrollaba una parte de la vida de un personaje que yo no conocía. Ese era Abraham. Abuelo primeramente me hacía la historia a su manera y luego iba directo a la Biblia. Me decía que este era un depósito que hacía para que creciera inmerso en la Palabra de Dios y para que volviera a leerla, tan pronto tuviera una oportunidad. La verdad es que, a veces, no se me hacía fácil. Al principio, cuando trajo el tema de Abraham no podía entender el matrimonio de dos personas mayores, creyendo que podían tener un hijo. A veces abuelo llevaba el tema como "entierro de pobre", o sea, iba a las "millas de chaflán" y yo me perdía un poquito. Por la cara que puse, abuelo me lo volvió a explicar. Se tomó más tiempo, lo hizo de forma pausada, así que ahora todo estaba más claro.

Lo que más me impactó fue lo ocurrido con Agar. No podía entender cómo Sara la pudo sacar de su casa y dejarla a merced de quién sabe de qué o de quién, cuando fue ella la que la metió en el aprieto de tener un hijo de su esposo Abraham.

Al abuelo le gustaba buscar el significado de los nombres bíblicos. Me dijo que Agar significaba "errante". De esa forma es que anduvo por el desierto camino a Egipto. La historia parecía ser un poco triste pero no lo era. Lo ocurrido le cambió la vida. Agar encontró una fuente de agua y allí se quedó, humillada, despojada y embarazada. Aquí el abuelo se detuvo porque era importante que yo creara conciencia y recordara todo lo que Dios hace por sus hijos. Continuó con el relato que se iba poniendo más profundo e interesante. Cuando Agar pensó que estaba sola, que nadie veía su necesidad, el ángel de Jehová la halló. Esta es la primera mención en la Biblia de "el ángel de Jehová", el mismo Señor habló con ella. La llamó por su nombre, la confrontó y le dio dirección para que estuviera consciente que en ningún momento estaría sola. Agar nombró al Señor, "El Roi", el Dios que me ve (Génesis 16:13). Al pozo de agua que encontró le puso el mismo nombre: "Pozo del Viviente que me ve". Luego, ella volvió e hizo lo que Dios le había dicho.

Abuelo sí sabe. Quedé impresionado, pero todavía había algo más que necesitaba aprender. Para concluir, abuelo me mencionó que tenía un bosquejo bastante sencillo. Son algunas aplicaciones sobre "El Roi", que debes tener en cuenta. Te las voy a compartir de tal manera que, cuando las repases, te impacten de igual manera como me sucedió a mí.

- **La mirada de Dios es suficiente.** Dios te ve sin importar tu nombre, tu apellido, tu situación económica, tus títulos, tu género, tus talentos o lugar donde naciste. Él te conoce por tu nombre «**Me viste antes de que naciera. Cada día de mi vida estaba registrado en tu libro. Cada momento fue diseñado antes de que un solo día pasara**» (Salmo 139:16). Agar buscó el reconocimiento de Abraham y de Sara. Tal vez ese orgullo la llevó al desierto. Ella no estaba consciente, no sabía que la única mirada que trae gozo y paz es la de nuestro Señor Jesucristo.

- **La mirada de Dios es misericordiosa.** Dios te ve, no hay nada que se pueda ocultar. Sabe de dónde viniste y hacia dónde vas. Agar no vio juicio en sus ojos, vio perdón y una nueva oportunidad.

Si te sientes en medio del desierto, sólo debes recurrir al Dios que te ama. Por su misericordia no recibimos lo que nos merecemos.

- **La mirada de Dios da seguridad.** Agar recibió la promesa del Señor, se levantó y obedeció. Aunque las circunstancias no cambiaron, es evidente que su actitud sí. Saber que Dios te ve, hace que también tú veas tu entorno de otra manera. Las circunstancias pueden ser adversas, pero Dios las cambia. Lo hace para que sepas que Él está presente dondequiera que vayas. Lejos o cerca, Él está listo para bendecirte y ofrecerte la seguridad que nadie más te puede dar.

Las promesas de Dios se cumplen. El Señor dice: «**Te guiaré por el mejor sendero para tu vida, te aconsejaré y velaré por ti**» (Salmo 32:8). Tu futuro está seguro en Él. La invitación, en este momento, es clara y precisa. Pongamos nuestros ojos en Jesús. Él ya tiene los suyos sobre cada uno de nosotros. Palabra que reconforta y nos llena. «**Pues él ordenará a sus ángeles que te protejan por donde vayas**». (Salmo 91:11)

Agar aprendió la lección. Tuvo la oportunidad de ir al desierto para descubrir que el Dios que la ve, no le quita la vista de encima, sino que la guarda de todo mal y le da la victoria. Justo así, hace contigo y conmigo. Si podemos creer y afirmar con fe que la fidelidad de Dios es permanente y no cambia a pesar de nuestras decisiones, que a veces pueden ser erradas.

Abuelo finalizó diciéndome que, de la misma manera que Agar aprendió la lección, tú y yo podemos sacar provecho. El Dios que nos ve no hace acepción de personas.

Descansar en Dios nos da una confianza que sobrepasa todo entendimiento. Aunque haya señales de que habrá truenos y relámpagos, aun así, Dios provee la paz que necesitamos.

Cuando el viento sopla

Abuelo conocía un sinnúmero de cuentos e historias que luego aprovechaba y las compartía conmigo. Él lo hacía con la intención de que algunas de ellas me dejaran una enseñanza, sobre todo, cuando buscaba en la Biblia algún pasaje que despertara en mí el interés de aprender y a la vez, pudiera sacarle algún provecho. Abuelo me dijo, "Te voy a contar una historia, pero escúchala con atención porque luego vamos a la Biblia para hacer una analogía (es esa semejanza entre cosas distintas). Esto abrirá tu mente y tu corazón hacia nuevas experiencias de vida.

Un joven aplicó para un empleo de obrero en una granja. Cuando el granjero le preguntó sobre sus calificaciones, él dijo muy seguro de sí mismo, 'Puedo dormir aun cuando el viento sopla.' Esto sorprendió al granjero. Como el joven le cayó bien, lo empleó.

Días más tarde, el granjero y su esposa fueron despertados en la noche por una violenta tormenta. Rápidamente comenzaron a revisar las cosas para ver si todo estaba seguro. Hallaron que las ventanas de la granja habían sido aseguradas y un buen suministro de leña había sido colocado junto a la chimenea. El joven dormía profundamente.

El granjero y su esposa decidieron empezar a inspeccionar su propiedad. Hallaron que todas las herramientas habían sido colocadas en el depósito, libre del efecto de los elementos. El tractor había sido movido al garaje. El granero estaba adecuadamente bajo llave. Aun los animales estaban calmados.

Todo estaba bien. El granjero comprendió entonces, el significado de las palabras del joven, 'Puedo dormir cuando el viento sopla'. Pudo constatar que el obrero hizo su trabajo, actuando fielmente cuando los cielos estaban claros. Estaba preparado para la tormenta, cuando ésta vino. Así que cuando el viento sopló, él no tuvo temor. Pudo dormir en paz".

Como se hacía tarde, abuelo decidió que otro día continuaríamos con la conversación. Así sucedió. Abuelo pescaba casi todos los días. Había un río muy cerca donde pasaba las primeras horas de la mañana. Luego se dirigía a su casa y preparaba sus alimentos. Llegué temprano para aprovechar cada minuto. Esperé que se comiera su verdura y lo que había pescado. Teníamos algo pendiente y sentía ansias de lo que iba a compartir. De vez en cuando me miraba y sin decir nada se sonreía. Él sabía que lo que me llevaba a su casa era por todo lo que aprendía. Empecé a tranquilizarme, así que aprovechó y me dijo que íbamos a hablar de la experiencia de Jesús, mientras viajaba en un barco. Yo recordé que había leído en la Biblia un pasaje que hablaba sobre esto. Al mencionarlo, inmediatamente abuelo recitó: **«Y Él estaba en la popa, durmiendo sobre un cabezal; y le despertaron, y le dijeron: Maestro, ¿No tienes cuidado que perecemos?»** (Marcos 4:38)

Sin abrir la Biblia, abuelo pudo hacer referencia a la situación que se desató mientras Jesús viajaba en un barco junto a sus discípulos. Cuando Jesús les dijo "pasemos al otro lado", era porque tenía la intención de llegar allí. Durante su travesía, se desató una tormenta y los discípulos viendo que la embarcación se estaba llenando de agua, se asustaron. Trataron por su cuenta todo lo que pudieron para mantener la embarcación a flote. Emplearon todas sus destrezas para mantener todo bajo control. No fue así. Dios estaba al control, pero era necesario que ellos lo creyeran y depositaran toda su confianza en Él. El joven de la granja y Jesús hicieron lo que otros no podían entender. Ellos creyeron y actuaron de acuerdo a su conciencia.

El abuelo continuó, "¿Por qué Jesús estaba durmiendo en la popa? Es curioso que la embarcación se controla desde la popa; es ahí donde la dirección de la embarcación toma lugar y era allí donde Jesús dormía. Cuando le pidieron ayuda a Jesús y lo despertaron, fue cuando la situación estuvo bajo control.

Sé que el valor añadido de ese día permanecerá para siempre en mi memoria. Cuán a menudo nos sumergimos en lo ordinario de la vida cuando se levantan situaciones un tanto difíciles. Primero recurrimos a nuestros conocimientos y destrezas antes de pedirle ayuda a Él. Confiamos en nosotros mismos al igual como lo hicieron los discípulos. Queremos tener control. En algún punto, nuestra embarcación se llena de agua, y no es hasta que nuestro lugar seguro comienza a hundirse, que le cedemos el control al Señor. Mientras nosotros llevamos la voz cantante a Él no le queda otra opción, sino descansar. Es diferente cuando Él asume el control. Es en ese momento donde cada uno de nosotros encuentra descanso".

Abuelo insistió, "Ocurre a menudo que nos olvidamos que Jesús está en la popa esperando a que le llamemos y le dejemos tomar el control. Ponemos nuestra atención en lo que sucede a nuestro alrededor y tratamos de arreglar las cosas con nuestras fuerzas y rara vez encontramos descanso. Lo que creamos es desasosiego, dudas y temores que no nos llevan a ningún lugar seguro.

Es tiempo de buscar a Jesús. Él está esperando. Deja que Él provea para tus necesidades y tome control de tus situaciones. No significa que no te vas a mojar o que la embarcación no se llenará de agua. Tampoco que evitarás las tormentas o que en ocasiones parecería que vas a perecer. A pesar de todo eso, Él ha prometido que estará con nosotros, siempre. El capitán de nuestro barco, aunque duerma en la popa, sabe muy bien lo que hace. Se llama Jesús."

Abuelo fue concluyendo, así que me dijo, "Lo compartido, no necesariamente, es para tenerlo en cuenta si estamos en alta mar. Aun en tierra con pie firme puede surgir la necesidad de tener que recurrir por ayuda. ¿Te sientes agotado, sin fuerzas, pensando que no hay remedio para tu situación particular? Encomienda a Dios tu carga, Él la llevará por ti. No olvides que sus oídos están atentos a toda oración que sale de tus labios. Sus manos siempre están extendidas para sostenerte.

Las contrariedades, así como los problemas que se nos presentan, pueden servirnos para recordar que, si buscamos la forma de enfrentarlos, saldremos airosos con más fuerzas para salir adelante. Los discípulos de Jesús perdieron de perspectiva que el que iba con ellos haría que la tormenta se desvaneciera. El granjero y su esposa, aunque dudaron, estuvieron preparados y aun en medio de la tormenta, durmieron en paz. Cuando el viento sopla avisa que es tiempo de tomar una decisión sabia. Buscar de Jesús, ahí está la respuesta".

¿Cuándo?

Cuando al abrir tus ojos
y veas lo que está delante,
solo da gracias al Padre
que no te dejó ni un instante.

Cuando veas lo que ha pasado
pregúntate a ti mismo,
¿qué es lo que ha ocurrido
que no he caído al abismo?

Cuando Dios te promete algo
y no ves que está ocurriendo,
calma, Él está trabajando
para que se cumpla en su momento.

Cuando mires hacia atrás
hoy sí, que te darás cuenta,
esa terrible tormenta,
Jesús se lo llevó a cuesta.

-Doris Rodríguez (4/2020)

El mejor abrigo nos lo provee Dios.
Es el amor incondicional con el
que nos cubre para que jamás
nos sintamos desprotegidos.

El abrigo, "pa'fuera"

Abuelo vivió en el campo toda su vida. Aunque le hicieron ofertas para que se mudara al área metropolitana, siempre decía "ni pa'llá" voy a mirar. El insistía en que no había nada como vivir en el campo, sobre todo en los meses que hace mucho frío. Cada vez que tenía una oportunidad, me contaba algunas anécdotas de las cosas que pasaban. Por ejemplo, desde septiembre en adelante hacia un frío irresistible. Tenía que ponerse un abrigo y arroparse hasta las orejas. Además, cerraba todas las ventanas y puertas porque de no ser así, no podía dormir. Un día recordó que guardaba un abrigo que su mamá había tejido, que casi tenía cincuenta años. Cuando me lo fue a dar me hizo jurarle que lo cuidaría para que no se echara a perder. Aunque lo pensé, lo tomé y lo guardé en un lugar seguro.

La verdad es, que abuelo no deja pasar una sola experiencia sin que le busque lo que se puede aprender de ella. Me hizo entusiasmarme cuando me preguntó si tenía idea desde cuándo se usaba un abrigo para protegerse de alguna inclemencia. A la verdad que no tenía idea, así que aprovechó la ocasión para contármelo.

Fue interesante cuando me compartió que, en la Biblia se habla de un hombre que también tenía un abrigo. Esta es una prenda de vestir que se usaba para cubrir el cuerpo y protegerse del frío. También su uso era un tipo de marca social que no lo hacía digno. El abrigo podía ser de lana, piel, algodón u otro material. También podía tener un significado simbólico de protección, dignidad o justicia. Inmediatamente salió el hombre de letras, me aseguró que en la Biblia había varios ejemplos. Le pregunté cómo él lo sabía y su respuesta inmediata fue, "El que busca encuentra, así que hoy te las voy a mencionar y otro día vamos a los detalles.

En Génesis 37:3-4, se dice que Jacob le dio a su hijo José un abrigo de muchos colores, lo que provocó la envidia de sus hermanos. En Lucas 15:22, dice que el padre del hijo pródigo le puso un abrigo al verlo volver, lo que mostró su amor y perdón. En Mateo 5:40 dice que, si alguien te pide el abrigo, dale también la camisa lo que enseña a ser generoso y no resistir al mal. Estos versículos muestran que el abrigo tenía un valor especial en la cultura bíblica, hasta llegar el tiempo de Jesús".

Estaba asombrado por lo que acababa de oír, así que aproveché el momento y volví a preguntarle, "¿Abuelo hay alguna forma de obtener una enseñanza de lo que acabas de compartirme?" "¡Claro que sí! Esta vez vamos a utilizar la historia de un hombre que se llamaba Bartimeo, según el Evangelio de Marcos 10:46-52. Lo que describe a ese hombre es que, era un mendigo ciego, estaba junto al camino y llevaba puesto un abrigo.

Un día Bartimeo escuchó que Jesús estaba cerca de donde él se encontraba. Aprovechó el momento y comenzó a gritar para que Jesús viniera hacia él. Al escuchar los gritos, Jesús pidió que lo acercaran. La Biblia dice que Bartimeo echó hacia un lado su abrigo, se levantó de un salto y se acercó a Jesús".

Entonces abuelo Tomás me dijo, "Ya sé lo que me vas a preguntar. Te diré de forma sencilla que aquí es que está lo que vas a aprender hoy. A mí me tomó un tiempo, pero al final recibí la bendición. Pude entender que Dios me estaba hablando. ¿Qué hizo el ciego? Puso en práctica lo que conocía pues sabía que eso haría la diferencia. Hizo cosas que tal vez, no haga mucho sentido, pero un hombre con una situación particular que le cree a Jesús no dejará que pase un minuto más sin hacer lo que tiene que hacer. Bartimeo actuó: Se le activó su sentido auditivo, gritó con fuerzas para ser escuchado, se quitó el abrigo y lo tiró a un lado, supo pedir con fe, así que recibió la bendición y luego siguió a Jesús por el camino".

"Vas creciendo", me dijo abuelo, "un día te harás un hombre de bien, si sabes estas cosas y las pones en práctica". Le dije que era todo oído y quería saber más, que haría como él me dijera. Abuelo se acercó y me dijo, "Entonces haz esto:

Quítate el abrigo del desánimo	**Ponte el abrigo de la esperanza**
Quítate el abrigo del temor	**Ponte el abrigo de la confianza**
Quítate el abrigo del miedo	**Ponte el abrigo de la valentía**
Quítate el abrigo de la temeridad	**Ponte el abrigo de la prudencia**
Quítate el abrigo del desenfreno	**Ponte el abrigo de la templanza**
Quítate el abrigo de huérfano	**Ponte el abrigo de hijo de Dios**

Un día me agradecerás estas cosas que te comparto", me dijo abuelo. ¡Palabras sabias! No he podido echar al olvido todo lo que me ha ayudado a crecer, sobre todo cuando me recordó: "Dios siempre escucha y responde. Lo mejor que puedes hacer es seguir a Jesús el resto de tus días. Así podrás hacer llegar sus enseñanzas a las generaciones que están por venir. Ese será tu legado".

De regreso a casa, no dejé de pensar en todo lo que me compartió el abuelo. Me di cuenta que cuando me hablaba de las enseñanzas que se encontraban en la Biblia, él se emocionaba. De hecho, un día le pregunté por qué le pasaba eso y me dijo algo que me dejó impactado.

Me aseguró que cuando desconocía lo que contenía la Biblia, se encontraba triste, vacío, sin deseos de luchar. Pasado un tiempo, se le acercó una señora, vecina suya, que había perdido a su esposo y a su único hijo en un accidente. Ella le contó que se sintió morir, pero leyendo una porción del libro de Filipenses 4:6-7, encontró consuelo. **«No se preocupen por nada; en cambio oren por todo. Díganle a Dios lo que necesitan y denle gracias por todo lo que Él ha hecho. La paz de Dios cuidará su corazón y su mente mientras vivan en Cristo Jesús»**.

Casi al entrar en casa, recordé el énfasis de sus palabras, "Lucas lo mismo que otros han hecho por mí, yo lo haré por los demás. No debemos dejar de poner en práctica todo lo que aprendemos en este caminar por la vida que Dios nos has reservado. Ve y haz tú lo mismo. Si deseas saber por qué te digo esto, te recomiendo que leas la parábola del buen samaritano".

Las palabras de Jesús suenan maravillosas cuando las recibes con entusiasmo. Esto lo descubrí pues hice lo que abuelo me sugirió. Leí la parábola que se encuentra en el Evangelio de Lucas 10:25-37.

¡Qué sabio era Jesús! ¡Qué sabio era mi abuelo! Ellos son mis mejores maestros. Han aportado a mi vida aquellos valores universales que todo ser humano debía tener presente.

Un camino andado, una senda, un destino

Cuando desees mirar hacia lo más alto, ponte de rodillas.

A tus pies

Dentro de un rato voy a casa de abuelo. Estoy esperando que sea un poco más tarde porque él me dijo que, temprano en la mañana, iba al pueblo. Necesita alimento para las gallinas y para su perro que siempre lo acompañaba. Mientras espero, viene a mi memoria un recuerdo de cuando era pequeño, tenía una melena de cabello negro, bastante largo y lacio. Mi mamá se encargaba de darle mantenimiento. Cuando crecí decidí recortarlo un poco. Hubiera deseado donarlo, pero no lo hice porque no se acostumbraba. Pensando en esto, viene a mi mente una enseñanza compartida que me hizo profundizar un poco más. No recordaba muy bien, pero abuelo se encargará de ello. Tenía una habilidad tan grande para saber dónde buscar, que me asombraba.

Llegué a la casa de abuelo y como era verano y hacía mucho calor, nos fuimos por el camino que llegaba hasta la orilla de un río. Había grandes árboles muy frondosos que no permitían que el sol hiciera de las suyas. Todo era propicio. El ruido apacible del agua que se movía despacio, algunos pajaritos cantando, una sombra espectacular y la brisa acariciando nuestros rostros, recordándonos que Dios lo creó todo para disfrute de sus hijos. En ese momento no tenía idea de lo que iba a recibir de parte de mi querido abuelo.

Empezó hablando de la época de Jesús. Me contó que cuando alguien llegaba a una casa, era recibido con un recipiente con agua para lavar sus pies polvorientos. Para que yo entendiera de qué se trataba, prosiguió a explicarme antes de continuar con el tema. Tomó una libreta donde llevaba sus apuntes y me leyó algo de lo que tenía anotado. Dijo, "Para que comprendas lo importante que son los pies, te diré que son un símbolo de la dirección a la que uno se dirige. Sea por un camino lleno de obstáculos o por uno de rosas, si es con pie firme, veremos todo lo que Dios nos tiene reservado. En la Biblia, los pies se usan para representar la dirección espiritual de una persona. Por lo tanto, se puede considerar como una señal de la misericordia de Dios, para darnos la oportunidad de tomar la dirección correcta, yendo por el camino correcto". Luego mencionó una situación particular que se dio en un momento dado en la vida de Jesús. Me dijo, "Se encuentra en Lucas 7:36-50. Trata de leerlo. Mira este resumen que preparé hace algún tiempo. Tiene que ver con un frasco de alabastro derramado sobre los pies de Jesús. Ahí se describe la experiencia con una mujer de mal proceder, de mala vida, de acuerdo a aquel tiempo.

- Jesús fue invitado a cenar, pero nadie lavó sus pies al llegar.
- Una mujer que no tenía buena reputación, supo que Jesús estaba allí y se acercó sin temor a ser rechazada.
- Llevó un costoso perfume y llorando se arrodilló detrás de él, a sus pies, para ungirlo como se lo merecía.
- Lloraba y sus lágrimas caían sobre los pies de Jesús.
- Con su cabello secaba los pies y les ponía el perfume carísimo que tenía, sin dudarlo ni por un momento.
- Fue criticada, pero Jesús, que sabía lo que pensaban, le dijo a la mujer, «tus pecados te son perdonados».

Estaba impactado. Abuelo hablaba con tanta seguridad. Era como si hubiera vivido en los tiempos de Jesús. Ahora recuerdo por qué vino a mi mente lo de mi cabello largo cuando era un jovencito. Le quería hacer más preguntas, pero él no dejaba de hablar. Llegué a pensar que a lo mejor creía que no estaba entendiendo todo lo que estaba diciendo. Hice un intento de ponerme en pie, pero el abuelo ni se inmutó, así que volví a acomodarme en el suelo y desde allí continué escuchándolo.

Abuelo me dijo en forma pausada, "Lo que te tengo ahora es lo mejor. Te daré la clave para que en un momento dado, cuando yo no esté, recuerdes qué te dejó esta enseñanza. Una mujer secó con sus cabellos, las lágrimas que cayeron a los pies de Jesús (Lucas 7:38).

- Lo que hizo la mujer fue un acto de adoración y entrega.
- Podemos rendirnos completamente sin temor a que nos deseche. Jesús tendrá su mano extendida todo el tiempo.
- Como la mujer del perfume fue transformada, así cada persona puede serlo. Dios no hace acepción de personas.
- Nuestros pecados nos son perdonados. Jesús vino a la tierra para limpiarnos.
- Jesús nos va a bendecir en nuestro caminar. El dirá: «**Ve en paz**»."

Hoy dormiré como un angelito. Me llevo conmigo algo que el abuelo me había dicho en una ocasión, "Hay cosas que se necesitan para crecer como hijos e hijas de Dios".

1) Humildad – para tener en cuenta que no eres mejor que los que te rodean. Todos somos imagen y semejanza de Dios.

2) Coraje – para ser uno mismo para enfrentar lo que se presente, aunque parezca que es imposible de lograr.

3) Fe – para creer sin haber visto, en la confianza de que algo mejor sucederá. Si no fuera así, Jesús lo hubiera hecho saber.

4) Sabiduría – para tener una comprensión profunda de la voluntad de Dios y actuar acorde a Su palabra.

Un manto que te cubre puede ser la señal de que Dios te anuncia algo bueno. Acéptalo.

Un manto diferente

Organizando mi cuarto, me encontré con un paño rojo. Me hizo recordar que hace algunos años, abuelo me lo había entregado y me pidió que lo cuidara. No me dio razones, simplemente me dijo que algún día me hablaría de él. No es casualidad, sino causalidad que la iglesia a la que asisto llevó a cabo visitas a diferentes hogares. La intención era llevar un paño rojo, representativo de lo que Dios deseaba hacer en cada hogar. No pude más con la curiosidad, así que tan pronto pude, fui a la casa del abuelo llevando conmigo el paño rojo.

Al verlo, abuelo se emocionó pues no recordaba en qué momento me lo había dado. Él no sabía cómo empezar. Tomó el paño rojo, se lo puso sobre sus hombros, caminó unos pasos y luego se detuvo con lágrimas en los ojos. Me contó que muchos años atrás, había personificado a Jesús en la procesión de su iglesia. Continuó diciendo que en la noche no podía dormir. A cada minuto volvía la imagen de Jesús con su manto, que en aquel momento era de un color blanco puro. Recordó que la estampa era la de una mujer que se acercó para tocar el manto de Jesús.

Para que pudiera entender mejor me habló del significado bíblico del manto. Se refiere a la prenda de vestir que se utiliza sobre la túnica. Está conformado por un fragmento de tela con diseños diversos. En la historia, se pueden identificar diferentes relatos que hacen alusión a este accesorio y el poder milagroso que se le atañe. En la Biblia es, normalmente, un traje que va por encima de otra ropa y sirve para proteger el cuerpo de los elementos externos. El uso más común de la palabra manto es cubrir, proteger y arropar. En el Antiguo Testamento, los profetas y los reyes llevaban mantos como símbolo de autoridad y liderazgo. En sentido figurado, el manto es una representación de la unción y del poder de Dios sobre la vida de un hombre o una mujer". Lo que estaba escuchando era muy profundo. Tan pronto abuelo hizo un intento de detenerse en la explicación, le pregunté ¿por qué era tan importante recordar la experiencia del paño rojo? Abuelo lo tomó en sus manos, se sentó en su sillón preferido y prosiguió a contarme. Me pidió que no lo interrumpiera. Sacó la Biblia, buscó Marcos 5:24-34 para leer la historia que le impactó en un momento dado.

"Jesús se encontraba entre una multitud de gente que le seguía. De pronto una mujer que había escuchado hablar de Jesús aprovecha el momento para tocar el manto de Jesús. Su fe la había llevado hasta allí, pues si lograba tocar, aunque fuera el bordecito sería sana. Así fue. Jesús supo que algo había sucedido pues al momento sintió que poder sanador salió de él. Cuando Jesús se encontró cara a cara con la mujer le dijo: **«Tu fe te ha sanado. Ve en paz. Tu sufrimiento ha terminado»**".

Tanto abuelo como yo estábamos impresionados. Él me dijo que la mujer fue sanada, no por el manto, sino porque Jesús se encontraba allí justo cuando ella estaba entre la multitud. Al momento abuelo me hizo una pregunta: "¿Lucas, anhelas recibir una bendición especial?". Antes de que le contestara, me dijo, "No pierdas la esperanza. Todavía eres joven. Tienes la oportunidad de ir llenando tu espíritu de todo lo que enseña la Biblia. Siempre hay que tener esperanza, esa expectativa que mantiene nuestra fe viva hasta recibir lo que hemos estado creyendo. La mujer que se encontró con Jesús no perdió la esperanza ni un solo momento. Lucas, todo lo que te enseño debe servirte no sólo para ti sino para que lo compartas por dondequiera que vayas. Te hará bien a ti y al que lo escuche.

Un camino andado, una senda, un destino

Hay que llevar a cabo la tarea
que Dios nos ha encomendado,
para salir adelante en lo
que nos proponemos.

La picada de una hormiga

A media mañana llegué a la casa de abuelo. Le hice un comentario que me cambió el día. "Abuelo, cuando pasé por detrás de la casa vi un hormiguero gigante. Lo moví con el pie y se alborotó. Si no salgo corriendo, me hubieran comido. ¿Alguna vez te ha picado una hormiga?". Abuelo me miró raro pues no sabía por qué la pregunta. Aproveché y le conté una experiencia, "Un día, en las vacaciones de verano, estaba ayudando en la escuela a limpiar el patio y algunas jardineras. De momento, un montón de hormigas se alborotaron y me picaron los pies y las manos. Algunas picadas se infectaron y tuvieron que ponerme un antibiótico. Lo que me pasó, me causó curiosidad, hizo que buscara sobre las hormigas. Me da vergüenza, pero tengo que decírtelo. Buscaba hormiga sin la "h", así que no la encontraba. Cuando ya me iba a dar por vencido, vi que sí lleva "h". Es la primera vez que lo cuento. No encontraba ni dónde meter la cara. ¡Qué vergüenza!". Abuelo se rio. Cambió la cara para el otro lado y volvió a reír, esta vez le salió una carcajada. Abuelo es tremendito.

En ese momento le pregunté ¿cuál es la risa? Se rio más y luego me dijo, "Eso era para que no las interrumpieras. A lo mejor estaban descansando. Ellas trabajan mucho. Así como él solía hacer, me preguntó si alguna vez yo había leído en la Biblia sobre las hormigas. La verdad es que no se me había ocurrido. "Pues te voy a contar - dijo abuelo- para que aprendas algo más. De hecho, los seres humanos deberíamos parecernos a ese animalito pequeñito que, no teniendo la capacidad para pensar, hacen una labor encomiable".

Con la Biblia en mano procedió a buscar hasta que llegó al Libro de Proverbios. Me aseguró que, no todo lo que ocurre con las hormigas, es un tanto negativo. "Lo que ellas nos enseñan, sin hablar, es más que lo que podemos aprender en la escuela. Si ponemos en práctica algunas de las cosas que vemos que ellas hacen, seguro que despertaremos nuestro deseo de dar lo mejor de lo que hay en cada uno de nosotros. No pierdas el interés, aunque parezca cansón. Las hormigas son insectos muy interesantes. Tienen una actitud correcta y una sabiduría instintiva para el trabajo. La hormiga es un ejemplo de laboriosidad. Ser laborioso es un hábito que se puede aprender con disciplina, así que actívate como las hormigas. Ellas construyen sus hormigueros frente al sol de norte a oriente y contra un árbol. De este modo tienen todas las ventajas para que el hormiguero se mantenga cálido. Temprano en la mañana cuando alumbra el sol, las hormigas comienzan a trabajar. Todos los caminos las llevan al hormiguero; cada una trabaja tanto como puede. Si una ramita es demasiado grande para una hormiga, otras la vendrán a ayudar y llevarán hasta el hormiguero.

Aunque eres joven, como persona, si hay alguien llevando una carga muy pesada, haz como la hormiga, ve y dale una mano, ayúdalo a llevarla. Es el mejor momento para convertirte en un servidor. Aunque no tengas un gobernante, supervisor o jefe; tampoco las hormigas y sin embargo su trabajo se lleva a cabo con rapidez. Ellas construyen legítimamente, de acuerdo a una determinación interna. Así es como debe ser. La Biblia es clara en Proverbios 6:6-8: **«Ve a la hormiga, oh perezoso, mira sus caminos, y sé sabio; la cual no teniendo capitán, ni gobernador, ni señor, prepara en el verano su comida, y recoge en el tiempo de la siega su mantenimiento»**.

Hay que tener presente las características de las hormigas. Si somos capaces de entenderlo, pronto estaremos aceptando la responsabilidad, que ellas han asumido voluntariamente: Podemos ser prudentes para hablar con cuidado de forma justa. Podemos ser precavidos al momento de tomar decisiones y además podemos ser astutos para manejar situaciones a nuestro favor".

No podía faltar que el abuelo me hiciera algún cuento. Como él sabe que me encantan, me compartió **La hormiga y el escarabajo**:

Pronto empezaría el verano, mientras una hormiga se disponía a trabajar recolectando los granos del campo, parece que la cebada y el trigo serían el alimento que en invierno no debía faltarle. Tanto ella como sus hermanas eran numerosas y debían asegurarse, así que trabajo no faltaba en verano.

Mientras en esa época de verano, todos los animales o la mayoría por así decirlo, se relajaban olvidándose de todo, las laboriosas hormigas no paraban de trabajar mientras eran observadas por un sorprendido escarabajo, quien afanoso le preguntaba a la hormiga, por qué trabajaba así en una época de tanto calor. La hormiga no volteaba a responder al escarabajo o tal vez dando como respuesta total indiferencia, concentrada en su misión, alentando a sus hermanas, recordándoles que ahora era duro el trabajo pero que traería su recompensa para todas en el frío invierno.

Pasaron los meses, llegó el invierno y las lluvias torrenciales empezaron a inundar las cosechas y sembríos en el campo, hubo escasez de alimentos y el escarabajo recordando que la hormiga guardaba mucha cebada y trigo, fue a pedir suplicando por comida. No soportaba más el hambre y no quería morir. Es allí donde la hormiga por fin le responde para darle una lección y dice: "ay de ti escarabajo infeliz, si hubieras trabajado como nosotras, en lugar de andar de holgazán viviendo tan solo el momento, hoy tendrías alimento para ti y tu familia".

Antes de llegar a casa pasé por donde había visto el hormiguero. Lo saludé y le dije que había aprendido la lección. Bueno, en realidad fueron dos: (1) hormiga se escribe con "h" y (2) jamás me debo meter con un hormiguero donde sus habitantes están descansando.

Hay ocasiones en las que Dios se expresa a través de cosas sencillas, pero nosotros lo hacemos un tanto difícil. Por eso hacen falta los abuelos con visión, para que nos sirvan de guía, por ese camino ya andado por otros. No olvides que hormiga con "h" o sin "h", pica y a veces deja una que otra huella para no ser olvidada. No pases de largo por la vida. Alguien espera por tu aportación.

Un camino andado, una senda, un destino

Si algún impedimento no te deja correr como deseas, camínalo. Nada se va a interponer para que no lo logres.

Si no corres, camínalo

Llegó el verano. Mami me dio permiso para que me quedara todo el mes de junio en la casa de abuelo. Aproveché para llevar mi mochila con algunos álbumes de retratos que guardaba para un día compartirlos con abuelo. El lunes temprano me preparé y tomé rumbo hacia el lugar que más feliz me hacía.

Cuando me acercaba escuché al abuelo que hablaba solo. Me detuve y pude oír que se decía a sí mismo, "Pronto llegará Lucas y le voy a cocinar lo que más le gusta". ¡Cuánta alegría rondaba la casa de abuelo! El encuentro fue de lo sublime a lo más emocionante que alguien se pueda imaginar.

Al otro día temprano, luego de desayunar, nos fuimos a caminar un rato. Aproveché el momento. Me llevé la mochila con mis recuerdos. Como siempre, escogimos el árbol frondoso que daba una sombra especial. Saqué uno de los álbumes. Por sorpresa, una de las fotos se salió y cuando la miré, vi que era una con abuelo. Fue el día que él me llevó al parque porque se celebraban las competencias entre los niños de la escuela. Recuerdo que estaba en tercer grado. Vi que los otros niños eran más grandes que yo, así que me negué a participar.

Como siempre, abuelo hizo de las suyas. Me dijo, "Lucas, la estatura no tiene que ver. Si no lo intentas, jamás sabrás si puedes lograrlo o no. Un día yo también creí que eso era valioso, que tenía que ser grande para competir y lograr grandes cosas. Como Dios me conoce como nadie, me recordó las palabras que utilizó Pablo en algún momento de su vida. Como no recordaba el pasaje bíblico, busqué hasta descubrir esas palabras que me han servido en mi recorrer por la vida. «**No quiero decir que ya haya logrado todas estas cosas ni que ya haya alcanzado la perfección, pero sigo adelante a fin de hacer mía esa perfección para la cual Cristo Jesús primeramente me hizo suyo**»" (Filipenses 3:12).

Abuelo no se detenía. Recordó que en algún momento me había mencionado lo inspiradoras que eran esas palabras, que se encuentran en el libro de Filipenses. Me volvió a recalcar que las leyera de nuevo para que no olvidara lo que aprendería de la experiencia de ese día. Me dijo, "Si un día aparece la duda o el temor y no te atreves a tomar una decisión porque has dejado de creer en ti, entonces es tiempo de dar el primer paso hacia el bien que Dios te ha asignado. En otras palabras, si no corres para avanzar, camínalo observando a Jesús que va a tu lado todo el tiempo. Él te dirá qué hacer cuando te falten las fuerzas, cuando creas que la meta está demasiado lejos y si fuera necesario, te tomaría en sus brazos y te llevaría para que el esfuerzo no tenga que ser tan grande. Dale gracias al Padre que por tenerte en cuenta, envió a Jesús para que te lleve de la mano y así puedas llegar a tu destino. Sea que corras o camines, siempre estarás seguro. Confía. Todo lo que hagas, hables, pienses y escuches debe ser para la Gloria de Él.

No olvidaré las palabras de Pablo a Timoteo: «**Si le explicas estas cosas a los hermanos, serás un digno siervo de Cristo Jesús, bien alimentado con el mensaje de fe y la buena enseñanza que has seguido**»" (1Timoteo 4:6).

Un camino andado, una senda, un destino

Cuando de servir se trata, sé el primero
en decir aquí estoy, llévame a mí.

La sabiduría de los años

La bendición de tener un abuelo dispuesto a compartir con su nieto, es el mejor regalo que la vida te puede ofrecer. A veces pienso que soy demasiado apegado a mi abuelo. Me gozo tanto cuando estoy cerca de él que no quisiera apartarme nunca. Hoy hizo algo especial. Cuando llegué, cerró un libro que estaba leyendo. Le pregunté de qué se trataba y me compartió que eran muchas historias reales recopiladas en el 2002 en el libro *Ilustraciones Perfectas*. La curiosidad me llevó a pedirle que me contara una de ellas y así lo hizo. Me dijo, "Debes estar atento pues les enseña mucho a jóvenes y a viejos". Después de decir esto, se sonrió, me hizo un guiño y continuó:

A los quince años, en el 1927, Lois Secrist le prometió a Dios que iría como misionera, quizá a África o a la India, para ayudar a los necesitados. Nunca realizó ese viaje. Un tiempo después se casó, pero el alcohol enfermó a su esposo, el cual murió años más tarde. Al quedar viuda, recuperó su anhelo de la infancia de convertirse en misionera. Tenía setenta y seis años. Lois pensó que su oportunidad de servir ya había pasado, dijo: "Señor, ahora soy demasiado vieja para ir. No puedo hacer esto". Esta abuela estaba decidida a cumplir su promesa y a aceptar la segunda oportunidad que Dios le ofrecía. A los ochenta y siete años se convirtió en la constructora de un orfanato en Filipinas para treinta y cinco niños cuyas vidas rescató del rechazo, la mendicidad y el maltrato paterno. Las edades oscilaban entre los ocho meses y los diez años. Sus historias eran desgarradoras.

Debido a su edad no recibía mucho apoyo económico, dependiendo únicamente de donaciones privadas. Esto no la detuvo para continuar con el llamado que Dios le había hecho. Cuando se le preguntaba si eso la ponía nerviosa, ella decía con toda confianza: "Sirvo a un Dios poderoso. Él tiene el control. No me siento con suficiente talento como para hacer nada de esto, pero Dios me capacita. Mi responsabilidad es hacer lo que puedo".

Luego de escuchar este relato, entiendo que habló la sabiduría de los años. Le dije al abuelo que era necesario que se enseñaran valores a los niños para que crecieran pensando y creyendo, como la señora de la historia. A veces escucho hablar a los jóvenes con cierto grado de ignorancia e inmadurez, cuando se refieren a las personas mayores. Le agradezco a Dios que escogió el mejor abuelo para mí. Estamos en el mejor tiempo para crear conciencia de lo importantes que son las personas mayores en nuestra sociedad. Enfatizar en que, servir no tiene edad. El libro de Job 12:12-13 dice, «**Los ancianos tienen sabiduría; la edad les da entendimiento. Pero Dios es sabio y poderoso; él hace planes y los lleva a cabo**».

Servir

Señor haz de mí un instrumento para servir.

Donde falten manos amorosas para trabajar,

esté yo listo para compartir.

Oh Señor, donde se necesite armonía

pueda estar yo, donde surja tristeza

pueda llevar alegría

y así sembrar la semilla de la paz.

-Doris Rodríguez (1988)

Un camino andado, una senda, un destino

No debes dar nada por perdido. Es que
no has buscado donde está.

No está perdido

Abuelo conocía decenas de refranes y frases. De vez en cuando se le zafaba una que me dejaba con la boca abierta. Hoy casi al llegar a la casa, me recibió con estas palabras que, por ser muy inspiradoras, me llegaron muy profundo: "Uno aprende a ser feliz cuando entiende que estar triste es perder el tiempo". Se tomó unos segundos y continuó diciendo, "Se debe vivir feliz pensando en que cada sesenta segundos que estés triste, enojado o amargado, es un minuto de alegría que no volverá". Al concluir me compartió que lo había copiado de algún lado, pero no lo recordaba. Le pregunté en qué estaba pensando que le vinieron esas palabras a la mente. Esto fue lo me compartió:

"Hace unos días llegaron a su casa Doña Gloria y Don Félix unos vecinos que hacía tiempo que no sabía de ellos. Estuvieron hablando un rato y de momento, ella se puso un poco triste. Al preguntarle si la podía ayudar en algo, me dijo que en esos días la había estado pasando mal. Resulta que se le extraviaron los documentos de la compra de su casa y eso la perturbaba mucho. Don Félix trató de calmarla, pero fue casi imposible. Les dije que lo mejor que podían hacer era orar a Dios, aquietar la mente, respirar profundo y luego volver a buscar con mucha calma".

Abuelo me comentó, que las palabras que me dijo al principio, le rondaban la cabeza antes de que yo llegara por causa de la experiencia con sus vecinos. Me dijo que, en ese momento recordó la parábola de la moneda perdida que Jesús utilizó para traer una enseñanza a sus seguidores. No quiso hacerles mención de ello a

Doña Gloria y a Don Félix porque en ese momento no estaban preparados, como no lo estaban muchos de los que seguían a Jesús.

Para satisfacer mi curiosidad, buscó la Biblia y me leyó: «**Supongamos que una mujer tiene diez monedas de plata y pierde una. ¿No encenderá una lámpara y barrerá toda la casa y buscará con cuidado hasta que la encuentre? Y, cuando la encuentre, llamará a sus amigos y vecinos y les dirá: "¡Alégrense conmigo porque encontré mi moneda perdida!"**» (Lucas 15:8-9).

El abuelo confía que los documentos hayan aparecido por la paz mental de sus vecinos, que tanto él estima. Además, me dijo mirándome a los ojos, que compartiría algo más y es que, la moraleja de la parábola de la moneda perdida es que, uno no debe dar por sentado que las cosas que se pierden están perdidas para siempre.

Abuelo me recordó que cuando abuela no encontraba algo, ella siempre decía: "No está perdido, es solamente, que no lo he buscado donde está". La sabiduría de mis abuelos parece que la llevaban en la sangre.

Ya para salir, le dije al abuelo que me contara algo más. "Lo siento,- me dijo- por hoy se acabó la tertulia. Mañana será otro día y cuando regreses te estaré esperando, no para continuar hablando de las cosas perdidas, sino con el cuatro bien 'afinao'. En estos días me he sentido un poco nostálgico y quiero compartirte algo alegre".

Le dije a abuelo: "Así será, justo como tú dices. Sé lo mucho que te apasiona la música, especialmente, la que se acompaña con cuatro y guitarra. A lo mejor traigo las maracas y los palitos y te acompaño. Ahora mismo no sé dónde están, pero respiraré profundo y aparecerán. Oye abuelo, la gente dice que no toco bien, pero eso no es correcto. Yo toco bien, lo que pasa es que se oye mal". Entonces salí corriendo antes de que abuelo dijera algo más.

Un camino andado, una senda, un destino

Desde todos los tiempos, la música ha sido un medio poderoso para promover la unidad y la paz entre las personas.

Una mazurca bien "tocá"

¡Cómo le gustaba al abuelo tocar el cuatro! Pasaba largos ratos recordando la música que le llamaba, "del ayer" porque le traía gratos recuerdos. Un día me contó que enamoró a mi abuela mientras le tocaba la Mazurca de las Sombrillas. Sin pensarlo dos veces le pregunté "¿una mazur qué?". Nunca había escuchado que existiera que algo se conociera con ese nombre tan raro. Abuelo me dijo que escuchara atentamente la estrofa acompañada con el cuatro, que fue lo que dejó a la abuela pasmada.

♪ ♫ "Yo, señorita, ♫ ♪

que soy soltero y enamorado,

la veo tan bonita,

que soy sincero,

y estoy pasmado,

de que un soltero,

♪ ♫ no lleve usted a su lado". ♫ ♪

Abuelo todo me lo explicaba con mucha paciencia. Me dijo que, por culpa de la mazurca, la abuela no lo quiso ni mirar por una semana. Mi cara de asombro decía más que muchas palabras. Me atreví preguntarle que de dónde rayos había sacado la dichosa mazurca. Nunca me dejaba con la duda. Me dijo que la "mazur", determinada como mazurca, se dio a conocer por toda Europa junto con la polca. En un momento dado se convirtió en el baile de moda de las grandes capitales. Se baila en parejas, y es una danza de carácter animado. Añadió que luego de un tiempo, abuela lo aceptó como amigo. Luego se enamoraron, se casaron y vivieron juntos más de 50 años. Todo por culpa de una mazurca bien tocá. "¡Perfecto abuelo! Me parece genial eso que me has contado. Ahora vamos a ver qué más hay para mí en este día". La segunda pregunta no podía faltar: ¿La música es de Dios? No sé cómo se me ocurrió preguntar eso. Abuelo ni corto ni perezoso, o sea, sin vacilar, de manera decidida y sin pensarlo dos veces me contestó: "¡Claro que sí! Tuve la oportunidad de ver un escrito de Jordan S. Rubin (2004), donde comparte, que la música es un don de Dios. Rubin asegura que es tan eficaz que tiene el poder para curar y liberar. Si se utiliza con sabiduría se podrá comprobar cuán milagroso puede ser".

Así que le contesté, "Abuelo, por eso es que tú estás como coco. Muchas veces te oigo tocar tu instrumento favorito o escuchando música agradable para el oído. Un día me dijiste que te quitaba hasta el estrés. Me dio mucha gracia en ese momento, pero luego vi que era cierto. Aun en situaciones desagradables, pude ver que te mantenías sereno".

"Bueno, -dijo el abuelo- voy a aprovechar para mencionarte, que en la Biblia hubo varias situaciones que dan fe de lo importante que es la música en determinados momentos. Cuando el rey Saúl caía víctima de un espíritu maligno, todo lo que hacía falta era que David tocara el arpa para que quedara liberado y aliviado. En 1Samuel 16:14-23, está ese relato. Búscalo, está muy interesante.

Tanto el Antiguo como el Nuevo Testamento mencionan la música y apoyan claramente su uso en la adoración. La extensa serie de cánticos que se encuentra en el Antiguo Testamento indica la importancia y el valor que Dios otorga a la expresión musical creativa. En el Nuevo Testamento no hay instrucciones sobre el tipo de instrumentos que se deben usar, o no usar. Tampoco se recomienda ni se prohíbe ningún estilo particular de música. El único mandato es cantar". **«Canten salmos e himnos y canciones espirituales a Dios con un corazón agradecido».** (Colosenses 3:16)

Para impresionar a abuelo le dije: "Entiendo que el acompañamiento debía estar a la altura de lo que se cantaba". Lo hice para hacerle saber al abuelo que había entendido de qué se trataba el significado del don de la música, según lo que me explicó.

"Así mismo es Lucas. Hay que aprovechar el poder de la música que nos ha legado nuestro Creador. Sé que es lo mejor para quitar el estrés, edificar el alma y mejorar la salud en general. La música adecuada en el momento correcto puede calmar, emocionar, despertar o hacer dormir plácidamente. Marcos Witt, compositor de música cristiana, en su libro *Qué hacemos con estos músicos* (1995) señala, que ojalá un día podamos ir por nuestros pueblos, ciudades, tierras, naciones, proclamando vida, paz, esperanza, amor, misericordia y todos los mensajes que Jesús vino a proclamar. Qué mejor manera de llevarlo a través del idioma universal del hombre: la música. A través de ella surge la unidad entre los seres humanos".

Le dije, "Abuelo, mañana mismo, me empiezas a enseñar a tocar la guitarra o el cuatro. Quiero aprender del mejor, del que pone en práctica todo lo que sabe y lo comparte con los demás. Hay una condición, que primero me enseñes algunos pasitos del baile ese, por si conozco alguna muchacha…tú sabes". Como en otras ocasiones, abuelo se rio a carcajadas por mi ocurrencia. Me dijo que hacía falta que muchos jovencitos sintieran el mismo gusto por la música que yo. "Lucas, la música no tiene edad, ni estatus, ni color. Simplemente es una forma de Dios expresar lo que Él es, de una manera diferente. Estos son de esos pensamientos que inspiran cuando lo leemos y más cuando los hacemos nuestros:

«La música puede cambiar el mundo porque puede cambiar a las personas». -Bono (es el nombre artístico de Paul David Hewson)

"Desafíate a ti mismo; es el único camino que conduce al crecimiento".

-Morgan Freeman

Pequeñas cosas, grandes resultados

Cada vez que abuelo tenía una oportunidad, soltaba uno o dos pensamientos. Lo hacía para que yo aprendiera a descubrir qué enseñanza había detrás de cada uno. Esa era una forma peculiar de enseñarme. Un día le escuché decir: "Disfruta de las pequeñas cosas, porque tal vez un día vuelvas la vista atrás y te des cuenta de que eran cosas grandes". Cuando le pregunté quién dijo esas palabras, me contestó que no lo recordaba, pero lo importante en ese momento, era ir profundo para saber cómo aplicarlo en el diario vivir.

"Una de las cosas que debemos recordar es que la felicidad no se mide por el dinero que tenemos, las propiedades que poseemos, sino por aquellas cosas sencillas que no cambiaríamos por todo el dinero del mundo". Me atreví preguntarle al abuelo si eso tenía que ver con esas pequeñas cosas que una persona debía tener presente y me dijo que, en cierto sentido, sí tenía que ver. Continuó mencionando algunos que tenía anotados:

1. Utiliza los desafíos para crecer- Si no ves las posibilidades de poder salir adelante, no lograrás muchas de las cosas que desearías alcanzar. Puedes intentar ver las dificultades y los problemas que se te presentan en la vida, como esos retos que llegan para poner a prueba tu paciencia. Bernie S. Siegel, en su libro, *Amor, Desafío y Milagros* (1986) enfatiza que, cada desafío, cada adversidad, contiene dentro de sí las semillas de la oportunidad y el crecimiento. Tu carácter será formado, por ende, vas a ser más sabio e inteligente al tomar aquellas decisiones que más te acercan al logro de metas y sueños.

2. Perdona. Te sentirás más liviano- Cuando alguien que te critique, te hiera y te haga sentir que eres menos o no vales, por las palabras que utiliza contra ti, trata de olvidar las ofensas, entrégaselas a Dios. Déjalo pasar y no permitas que te afecte. Recuerda que aceptar a los demás por quienes son y no por lo que hacen, te hará más fuerte y feliz. Perdonar es la llave del éxito.

3. Sé amable y agradecido- Cuando eres amable con los demás, ellos volverán a acercarse a ti. Al expresar tu reconocimiento y agradecimiento a los demás, en ese momento, estás demostrando que estás hecho de otra madera, o sea, que tienes valores que te hacen ser diferente.

4. Cree en ti- Sé libre de hacer aquello que te complazca a ti. Cuando hagas aquello que te hace feliz, no necesitarás buscar la aprobación de los demás. Cree en ti y los demás harán lo mismo.

Luego de un largo rato, abuelo me hizo estar consciente que, si sé estas cosas y las hago, podré sacar mayor provecho. Me aconsejó que lo tomara con calma, que fuera poco a poco. No era una tarea fácil, pero al final iba a ver grandes y mejores resultados. Ya al irme, me recordó Filipenses 4:6-8. Estas palabras, nos llevan a meditar: «**No se preocupen por nada; en cambio, oren por todo. Díganle a Dios lo que necesitan y denle gracias por todo lo que él ha hecho. Así experimentarán la paz de Dios, que supera todo lo que podemos entender. La paz de Dios cuidará su corazón y su mente mientras vivan en Cristo Jesús**».

Un camino andado, una senda, un destino

Si confías de todo corazón en el Señor,
te darás cuenta que Él te llevará
por el camino correcto.

¿A dónde vas?

Abuelo siempre lleva la voz cantante y eso me alegra. Hoy, sin embargo, le daré una sorpresa porque le tengo un cuento que estoy seguro que él no conoce. Llegué más tarde de lo acostumbrado, así que se había tomado una siesta. Esperé un rato hasta que se despertó. Tomamos nuestro pocillo de café negro y luego nos sentamos a hablar hasta por los codos. De hecho, le pregunté qué significaba hablar hasta por los codos y me dijo que, es una persona que tiene la habilidad de hablar mucho sin parar. Es decir, es alguien que no puede callarse y que siempre tiene algo que decir, sin importar el tema de conversación. Empecé a reírme, pues sin él darse cuenta se estaba describiendo a sí mismo. Le estuvo raro que hubiera venido tan tarde, pero a la vez se alegró porque estaba empezando a enzorrarse. Cuando le mencioné que le tenía un cuento, me dijo, "Pues a contarlo se ha dicho"…y así lo hice. Billy Graham cuenta la historia de una ocasión:

Albert Einstein iba en tren a cumplir un compromiso fuera de la ciudad. El cobrador se acercó para perforar el boleto. El científico buscaba en vano en el bolsillo del abrigo y no lograba hallarlo. "Todos sabemos quién es usted. Dr. Einstein", dijo el cobrador. "Estoy seguro de que compró un boleto. No se preocupe. No hay problema".

El cobrador siguió por el pasillo perforando otros boletos. Antes de continuar, miró hacia donde estaba el Dr. Einstein y vio que estaba de rodillas buscando debajo del asiento. Al ver eso, el cobrador regresó, "Dr. Einstein, por favor no se preocupe por el boleto, yo sé quién es usted." "Yo también sé quién soy yo -expresó Einstein mirando desde el suelo al cobrador- ¡Lo que no sé es a dónde estoy yendo!".

Al Abuelo no le dio ni chispa de risa. Creo que no supe hacerle el cuento. Lo que sí me agradó, fue que estuvo pendiente porque me preguntó si había algo que aprender para aplicarlo al diario vivir. Le dije que sí, pues había leído de Ramón Lucas, de su obra *Explícame la Persona* (2017), que el destino es el lugar al que se llega porque los pasos que se dan y las decisiones que se toman, le llevan a él. Además, sostiene que cuando las situaciones ocurren tienen que comprender tres cosas: La primera es que debes tener la humildad para aceptarlo y vivirlo y además decir 'si esto es lo que me toca vivir, lo voy a vivir'. La segunda es que debes entender que no es por la buena voluntad de nadie, sino que es una circunstancia. La tercera, debes tener claro que tienes la confianza para vivir esa situación pero que también tienes fe para salir de allí.

Pensé para mí, que había impresionado al abuelo. Estaba callado, me miraba fijamente, movía la cabeza de un lado para otro, hasta que al fin hizo algo. Se levantó, estiró sus brazos y me rodeo. Estuvo así unos minutos, hasta que se separó para mirarme frente a frente. Luego me dijo que nos sentáramos, que había mucho que hablar. Abuelo siempre logra lo que quiere o planifica. Cuando alguien te dice que hay mucho de qué hablar, es que la cosa es seria. No tenía temor de lo que abuelo me fuera a decir, porque siempre lo he dicho, no he visto hombre más sabio en mi familia. Aproveché y le pregunté si le había agradado lo que le conté. Me dijo que yo era muy maduro y que estaba orgulloso de tenerme como nieto. ¡Uff, qué alivio sentí!

No había terminado la conversación. Abuelo tomó los topos, él me había explicado en una ocasión, que eso era un método de construir, de tratar un tema o argumento para que el orador pueda ganar el apoyo del que le escuchaba. Estando consciente de ello, puse toda mi atención en lo que me iba a decir.

Con toda tranquilidad, abuelo añadió: "En relación a las palabras de Einstein, para mí la seguridad de saber quién soy, me sitúa en el lugar adecuado. Es cuestión de reconocer que el destino, lugar al que me dirijo, está escrito por mí, por las elecciones que hago en un momento dado y las decisiones que tomo. Al saber quién soy, reconozco que como autor de mi propio destino, estoy listo para llegar sin inconvenientes. Estas palabras te llegarán muy profundo:

«Tus creencias se convierten en tus pensamientos, tus pensamientos se convierten en tus palabras, tus palabras se convierten en tus acciones, tus acciones se convierten en tus hábitos, tus hábitos se convierten en tus valores, tus valores se convierten en tu destino». -Mahatma Gandhi

¿Sabes qué, Lucas? No hay nada mejor que uno esté consciente que no estamos en este mundo por pura casualidad. Hay un propósito divino. Dios envió a su hijo, para que nos enseñara y nos dirigiera para que fuéramos parte de los cambios que hay que hacer. Estamos llamados a ser luz en medio de la oscuridad y amor en medio de las controversias. Estamos llamados a ir donde Él nos envíe.

Lo mejor de todo esto es que no necesitamos boleto. No habrá explicaciones que dar. Solo debemos asegurarnos de tomar el camino correcto. Saber quiénes somos y viajar en la seguridad de que Dios está presente. Él nos hará comprender las palabras en Mateo 28:18 cuando Jesús se acercó y dijo a sus discípulos: **«Se me ha dado toda autoridad en ce cielo y en la tierra. Por lo tanto, vayan y hagan discípulos de todas las naciones, bautizándolos en el nombre del Padre, del Hijo y del Espíritu Santo. Tengan por seguro esto: que estoy con ustedes siempre, hasta el fin de los tiempos»**".

La vida está hecha de momentos. Lo que tenemos no es para siempre.

A ti te digo...

Hoy cuando iba a salir para casa de abuelo, noté que en la mesa de noche al lado de mi cama, estaba la Biblia abierta. Me llamó la atención, así que quise ver qué decía aquella página. Estoy seguro que Dios lo hizo. Quedé un poco impactado. Cuando miré las dos palabras en rojo, decía: «**Talita cumi**». Están en el libro de Marcos 5:40-41. Miré el reloj y noté que se me estaba haciendo tarde para salir de casa. Cerré la Biblia después de anotar los versículos y salí despavorido para la casa de abuelo.

Abuelo estaba inquieto por la hora. Le expliqué lo que pasó y se quedó tranquilo. Tan pronto me tomé un vaso de agua de coco que el abuelo me tenía de sorpresa, le dije que tenía una duda sobre algo que leí en la Biblia. Me dijo con tono amoroso, "Siéntate aquí, vamos a hablar de eso que te tiene un poco nervioso". Le enseñé el pedazo de papel donde había hecho la anotación. Él lo leyó, sin decir palabra alguna, buscó su Biblia, se sentó al lado mío y empezó por lo más sencillo. Me explicó lo que significa esa frase "talita cumi". "Esa es una expresión que empleó Jesús el día que resucitó a la hija de un hombre llamado Jairo. Significa: Niña, a ti te digo: levántate. El término, en hebreo, es uno de los pocos que se registran en la Biblia donde se expresa, de manera exacta, las palabras de Jesús. Ocurre por el pedido desesperado de un hombre que le acaban de decir que su hija ha muerto". El abuelo no perdió tiempo, me asignó que leyera los versículos anteriores para que supiera exactamente lo que había sucedido. Me dijo que la desesperación nos hace perder la confianza en que se cumpla un deseo, nos hace perder la paz, el ánimo y la paciencia. "Es ahí, en medio de la desesperación, cuando debemos esperar en Jesús como hizo Jairo. Jesús nunca llega tarde, Él es nuestra única esperanza de vida".

Le pregunté al abuelo, cómo podemos aplicar lo ocurrido con la hija de Jairo. Me dijo que para aplicar el significado "talita cumi" en nuestra vida cotidiana, podemos tomar en cuenta los siguientes aspectos: (1) **Fe-** Jesús le dijo a Jairo: No tengas miedo. Solo ten fe. A partir de ahí se dirige a su casa. Ese acto de fe muestra que podemos confiar en Dios para levantarnos de cualquier situación por difícil que sea. (2) **Sanidad-** La resurrección también puede ser vista como una sanidad física y emocional. Podemos aplicarlo buscando la sanidad en todas las áreas de nuestra vida. Cuando nuestra alma, cuerpo y espíritu estén pasando por un mal momento y pensamos que no hay salida posible, Dios se hace presente y la sanidad ocurre. (3) **Empoderamiento-** Al decir "talita cumi", Jesús le dio poder a la niña para que pudiera levantarse por sí misma. Empoderar se refiere a otorgar poder, autoridad o control sobre alguien o algo. El término se utiliza para describir el proceso de dar a las personas que están marginadas, el poder de tomar decisiones y controlar su propia vida y hasta vencer la muerte. Jesús fue el primero en lograrlo.

En resumen, me dijo abuelo, "El significado bíblico de 'talita cumi' nos enseña que podemos tener fe en Dios, buscar la sanidad en todas las áreas de nuestra vida y empoderarnos a nosotros mismos, sin dejar de hacerlo por los demás. Los desafíos podrán ser enfrentados sin temor, en la seguridad de que Dios no nos abandona. No va a ocurrir de la noche a la mañana, pero si se intenta, Jesús tomará cartas en el asunto y hará que ocurra como está escrito: «**Jesús oyó lo que decían y le dijo a Jairo: No tengas miedo. Solo ten fe**».

Estos son algunos principios para darle sentido a la vida: Escoge, elige cambiar sin esperar que otra persona sea quien tome la iniciativa. Esto es parte de la fe. Es la esperanza de saber que lo mejor ocurrirá. Establece y asume valores que te permitan crecer como persona. Empieza a creer en ti y en los demás. Identifica los buenos y los malos momentos, ellos tienen significado. Aunque parezca imposible, Dios hará maravillas, si permaneces en fe. Mírate a ti mismo con sentido del humor. En ocasiones, reírse de uno mismo, puede ayudar a mantener una perspectiva más saludable para así poder afrontar los desafíos sin temer a los resultados.

Existen muchos más, pero trabajar con estos principios mejoran tu vida y por supuesto, la de los que te rodean. Para Viktor Frankl **«La felicidad es como una mariposa. Cuanto más la persigues, más huye. Pero si vuelves la atención hacia otras cosas, ella viene y suavemente se posa en tu hombro. La felicidad no es una posada en el camino, sino una forma de caminar por la vida»** (1959). Jesús demostró que esto es así.

Recuerda que, aunque la vida puede ser dura, como a veces suele pasar, también está llena de oportunidades para crecer, sanar, aprender y descubrir todo lo hermoso que se puede encontrar, aun en medio de los desafíos. Así dice la Biblia en Juan 9:4 **«Debemos llevar a cabo cuanto antes las tareas que nos encargó el que nos envió»**".

Cuando se trata de nuestro destino,
mejor es asegurarnos, que el
camino que tomamos
es el correcto.

Un destino glorioso

Hoy abuelo me recibió de una manera diferente. Lo hizo con una pregunta: "¿Recuerdas que hace unos días hablamos sobre el destino, basado en el cuento que me hiciste de Dr. Einstein?". Le contesté que lo recordaba perfectamente. Me invitó a que diéramos un paseo porque tenía algo más que decirme. Para mis adentros, me dije, "este huevo quiere sal".

Salimos de la casa, uno junto al otro, un poco callados, hasta que abuelo tomó la palabra. "El destino es el lugar al que nos dirigimos. Para algunos, ese futuro que algún día será presente ya está marcado, por lo que nuestro paso por la vida consiste en esperar que llegue. No está de más decir que, no siempre es fácil avanzar en la vida, pero con esfuerzo y la actitud adecuada, sí es posible".

Luego de moverse un poco hacia la orilla del camino, continuó diciendo, "Te compartiré un pensamiento que no se atribuye a un autor específico, pero se mantiene vigente hoy día. «Cada persona que viene a este mundo tiene algo que cumplir, algún mensaje tiene que ser entregado, y algunos trabajos tienen que ser completados». No estamos aquí por accidente, hay un propósito. Dios, en medio del asunto, tiene una intención de hacer algo a través de cada uno de nosotros, no cualquier cosa, sino algo grande. Escucha con atención esta historia que te voy a compartir. Luego me dirás qué te pareció. Iré poco a poco para que luego puedas reaccionar:

"Algunos trabajos tienen que ser completados", dijo la voz serena del anciano mientras sostenía una pluma gastada sobre el

papel arrugado. La habitación estaba llena de libros polvorientos y la luz del atardecer se filtraba a través de las persianas entreabiertas. El anciano continuó: "La vida es como un mensaje que nos ha sido confiado. A veces, ese mensaje es claro y directo, como una carta urgente que debe ser entregada sin demora. Otras veces, es más enigmático, como un poema cifrado que requiere paciencia y reflexión para descifrar".

El joven que estaba sentado frente al anciano asintió con solemnidad. Había venido en busca de respuestas, buscando orientación en medio de la confusión y la incertidumbre. El anciano parecía poseer una sabiduría antigua, una conexión con algo más allá de lo tangible. "¿Y qué hay del mensaje?, -preguntó el joven- ¿Cómo sabemos cuál es nuestro propósito, nuestra tarea en esta vida?".

El anciano sonrió, con sus ojos arrugados brillando con una luz interior. "El mensaje está dentro de ti, -dijo- Observa tus pasiones, tus talentos, tus anhelos más profundos. Escucha la voz silenciosa que te guía desde adentro. Esa es la clave para descubrir tu trabajo, tu propósito".

El joven reflexionó sobre estas palabras. Había estado buscando respuestas en el mundo exterior, pero tal vez la verdadera guía estaba en su propio corazón. "Entonces, -preguntó- ¿cómo entrego este mensaje? ¿Cómo completo mi tarea?". El anciano se inclinó hacia adelante y susurró: "Con amor y compasión. Cada acción, cada palabra, es una oportunidad para entregar el mensaje. No importa si es grande o pequeño. Lo importante es hacerlo con sinceridad y dedicación".

El joven asintió, sintiendo una nueva determinación arder en su interior. Se levantó y se despidió del anciano. Mientras salía a la calle, el sol poniente iluminó su camino. Sabía que tenía un mensaje que entregar y un trabajo que completar. Y lo haría con todo su corazón.

"Lucas, ¿te agradó la historia? Te has quedado muy callado". Le contesté que a la verdad es que no sabía ni qué decir. Me pareció como si la historia se refiriera a una de las tantas conversaciones que sostuve con abuelo. Lo único que pude añadir fue que, una vez más su sabiduría me dejaba asombrado. Solo quedaba que yo regresara de vuelta a casa y meditara sobre la historia que recién había escuchado.

"Lucas, tú eres el creador de tu propio camino. Ten en cuenta lo que vas depositando a lo largo de él. Actúa con sabiduría y haz tuyas estas palabras de Job 12:13: «**La verdadera sabiduría y el poder se encuentran en Dios**»".

De regreso a casa, un tanto pensativo e impresionado, pensé en las palabras del joven, sabía que tenía un trabajo que completar y lo haría con todo el corazón. Aproveché el tiempo. Oré con actitud de acción de gracias. Deseaba agradecer antes de recibir.

Oración

Gracias Dios por dirigirme para que logre mi mayor bien. Antes, no lo comprendía. Ahora sé que has despertado en mí el deseo de descubrir ese destino glorioso que fue diseñado para que se cumpla la enseñanza del abuelo. Todavía tengo algo que cumplir, un mensaje que entregar y algún trabajo por completar. Esas palabras, las escuché por primera vez de labios de abuelo. Así me ayude Dios. Amén.

Escoge el mejor camino y la senda aparecerá para el disfrute de cada paso que des.

Una senda sin límites

Una mañana soleada, le pedí permiso a mami para ir a la casa de abuelo. Era sábado, así que quería aprovechar que él iba a salir a caminar hacia el pueblo. Ahora que lo entiendo mejor por el pasar de los años, esos momentos no los cambiaría por nada. Ese día, aproveché cada minuto del trayecto. A las nueve salimos rumbo al pueblo. Abuelo de vez en cuando miraba de reojo para ver mi cara de alegría, mientras el camino nos llevó a descubrir una senda inesperada.

Me dio un poco de nostalgia porque hacía tiempo que no pasaba por allí. Recordé que abuelo me había mencionado que la palabra senda, se menciona en varios versículos de la Biblia. Algunos de ellos han sido pronunciados con autoridad, a mi mejor entender. **«Cumple los mandatos del Señor tu Dios; sigue sus sendas y obedece sus decretos, mandamientos, leyes y preceptos, los cuales están escritos en la ley de Moisés. Así prosperarás en todo lo que hagas y por dondequiera que vayas»** (1 Reyes 2:3).

Sin darme cuenta llegamos al pueblo. Me llevé una sorpresa. Abuelo quería comprarme un regalo por mi cumpleaños. Estuvimos un tiempo dando vueltas pues no me decidía a pedir qué era lo que quería. Al fin dimos con el departamento que tenía casi todo lo relacionado a deportes. Me enamoré de un guante para jugar pelota, pues el mío ya estaba desgastado. Salimos contentos del lugar. Me dijo, "¡Misión cumplida!". Abuelo era así. Era un ser fuera de este mundo. Hacía todo lo posible para que todos a su alrededor fueran felices. No solo con la familia, sino con todos los que le rodeaban. Hacen falta más personas como él.

El tiempo ha corrido. Faltando un trecho para llegar a su casa, me dijo que nos sentáramos un rato para compartirme algo que estaba pendiente. Me dijo que el camino y la senda que nos desvió por un momento, era con un propósito definido. "Hay que aprovechar todo lo que ocurre alrededor nuestro -me dijo- para descubrir la grandeza de Dios cuando nos hace saber cuán pendiente está de sus hijos". Otra vez hizo referencia a la Biblia y me invitó a que la leyera, tan pronto tuviera la ocasión. Me recordó uno de los libros de los profetas mayores. «**Así dice el Señor: "Deténganse en los caminos y miren; pregunten por los senderos antiguos. Pregunten por el buen camino, y no se aparten de él. Así hallarán el descanso anhelado"**» (Jeremías 6:16).

Abuelo terminó diciendo, "Esta es una orden, una promesa con condición. Si deseamos una respuesta por causa de nuestros actos, debemos ser diligentes al seguir al pie de la letra aquello que Dios nos ha encomendado. Todos tenemos la misma oportunidad de lograr aquello que hemos deseado. Nos falta preguntarnos si en realidad, ante la senda de la vida, hemos tomado la decisión correcta. Dios ya ha diseñado una senda sin límites, para que movidos por la fe y la esperanza en Él, podamos lograr lo que nos hemos propuesto".

El resto del camino, de vuelta a su casa, estuvimos en silencio. Era como si estuviéramos pensando lo mismo y ninguno quería interrumpir al otro. Aprendí con abuelo que hay ocasiones, en que el silencio es el mejor acompañante. Es en ese momento que Dios aprovecha y nos habla.

Proverbios 3:5-6: «**Confía en el Señor de todo corazón, y no en tu propia inteligencia. Reconócelo en todos tus caminos, y él allanará tus sendas**».

Un camino andado, una senda, un destino

Que tu tendencia humana, no sea buscar comodidad y seguridad para evitar que las situaciones desafiantes, te saquen de la rutina establecida.

Muchacho, sal de ahí

Hice de abuelo, mi mentor, mi amigo, mi confidente. Ese día me desahogué, "Abuelo, mami está molesta conmigo. Esta mañana me dijo que yo iba camino de no lograr nada bueno en la vida. Eso me puso triste porque yo me esfuerzo en salir bien en la escuela y en todo lo que hago. Pongo de mi parte en hacer lo mejor, hasta cuando le hago algún mandado al colmado". Me dijo, "Muchacho, sal de ahí ahora o no respondo. Te gusta estar en el lugar más cómodo en vez de aprender. Siempre te he dado un buen ejemplo, de lo que es esforzarse".

Abuelo me consoló, "Lucas, posiblemente tu mamá lo que desea es que no te acostumbres a hacer las cosas de la misma manera. A lo mejor no utilizó la forma correcta para decírtelo. En otras palabras, ella desea que salgas de tu zona de comodidad. Te parecerá raro que utilice esta expresión. Hace unos días tuve la oportunidad de leer un artículo de Alejandro Rodríguez Puerta, psicólogo y coach en 'Lifeder', donde habla precisamente de ese tema. Te lo voy a explicar de una manera sencilla para que puedas comprender lo que tu mamá te quiso decir. Compréndela y entiéndela, pues todo lo que hace, es por tu bien".

Abuelo continuó diciendo, "Escúchame y si tienes alguna duda no la dejes pasar. Me interrumpes, la aclaramos y continuamos. Una de las preguntas más comunes dentro del mundo de la psicología y el desarrollo personal es la que se refiere a cómo se puede salir de la zona de comodidad. Ya hemos visto que permanecer atrapado en ella suele tener consecuencias muy negativas, por lo que aprender a escapar de la misma puede llegar a ser muy útil en muchas áreas de nuestra vida. ¿Qué hacer?

En primer lugar, para poder salir de la zona de comodidad es necesario tener claro por qué se quiere lograr tal cosa. Crear nuevos hábitos y cambiar la forma de actuar y de pensar requiere bastante esfuerzo, si no tienes una razón poderosa lo más probable es que lo abandones en cuanto se te presente la primera dificultad. No te rindas, no estás solo en este camino.

En segundo lugar, te puede ser útil que te anticipes a tus propias excusas para poder tenerlas en cuenta cuando llegue la ocasión. Descártalas. Las excusas vanas llegan, pero no tienen una justificación real o creíble.

En tercer lugar, exponte a situaciones, personas o ideas nuevas, tan pronto como sea posible. Salir de la zona de comodidad requiere que cambies tu forma de actuar y pensar, por lo que este paso es crucial para que cumplas tus objetivos. Tal vez no lo logres, pero si te mantienes firme en lo que deseas lograr, verás el resultado tarde que temprano.

En cuarto lugar, comienza a actuar lo antes posible y pronto habrás dejado el estancamiento atrás. Si te tardas en tomar la decisión de empezar, no saldrás de esa zona que, aunque cómoda, lo que hace es atrasar la bendición que Dios te tiene asignada".

Luego de estas palabras, me dijo, "Dale una oportunidad a tu mamá. Dile que te disculpe pues no entendías lo que te quería decir. Hazle saber que agradeces todo lo que ella ha hecho y hace por ti. Compártele la información y hazla partícipe de nuestras conversaciones. Un día lo comprenderá y te entenderá mejor. Ella sabe que estás creciendo por lo que habrá cambios que deberá tener en cuenta cuando se dirija a ti. Sal de tu zona de comodidad. Ve y dile, mami ya salí de la duda, ahora dime ¿me ayudas a salir de esa zona que no está aportando mucho, donde estoy pegado como un chicle?" Me tuve que reír. Cuando creía que este era un asunto serio, abuelo lo tomó en broma. "Tal vez, pienses que lo que te sugiero es un tanto difícil, sin embargo, no hay mejor forma de comprobarlo que haciendo el intento. Si necesitas un empujoncito, yo te lo doy".

No quise dejar pasar ni un día más. Llegué a casa, me dirigí a la cocina donde mami preparaba un dulce de papaya, que es mi preferido y le dije que la amaba. Le expresé lo que abuelo me dijo ese día. Ella me miró sorprendida al escucharme hablar así. Se acercó, me abrazó y me dio un beso. Luego me dijo, "Juntos vamos a lograrlo. Grandes cosas van a ocurrir por ponernos de acuerdo. Confía en mí. Yo confío en ti. Juntos vamos a confiar en el Dios de los milagros. El hará su obra en cada uno. Lo que nos falta por aprender, llegará en el mejor momento. Cuando yo te decía, sal de ahí, lo que deseaba era trasmitirte lo que sentía en mi corazón. Gracias a Dios que usa a tu abuelo para depositar cosas buenas y hermosas.

La Biblia nos enseña que debemos confiar en Dios y salir de nuestra zona de comodidad para crecer y madurar en nuestra fe. En Él, encontramos palabras que nos fortalecen aun en medio de aquellas zonas que hayamos escogido".

«Confía en el Señor y has el bien; entonces vivirás seguro en la tierra y prosperarás. Deléitate en el Señor, y Él te concederá los deseos de tu corazón. Entrega al Señor todo lo que haces; confía en Él y Él te ayudará» (Salmo 37:3-5).

Cuando pienses que andas solo por la vida, voltéate, mira hacia tu derecha y hacia tu izquierda, Jesús camina a tu lado.

Que sean dos

No hay nada mejor que contar con alguien que por su experiencia de vida, sea capaz de llegar a lo profundo de nuestro ser. Si esa persona tiene valores que le han permitido dar pasos firmes y seguros, entonces se puede decir que estamos en buenas manos. Eso para mi es una bendición muy grande. Es una de las razones por la que deseo estar con mi abuelo, todas las veces posibles, o mejor, todos los días de mi vida.

Hace una semana, mi mamá hablaba con una vecina, recordaban unas palabras que oyeron en un capítulo de una novela. No soy novelero, pero me llamó la atención lo que escuché. El personaje principal decía lo siguiente: *"Amar significa viajar de a dos, compartir los problemas y la felicidad de la aventura. La vida fluye en ese largo y estrecho camino y ahora nos embarcamos en un nuevo viaje. Tuvimos muchos sueños, que terminaron en pesadillas. Cada vez que veíamos el sol, la pregunta de cuándo caería la tormenta, se clavaba en nuestras almas, pero la oscuridad acabó, no hay más pesadillas, no hay más guerras, al contrario, tenemos felicidad, luz de esperanza, amor y una gran familia por delante".*

Me encontraba entregado en ese pensamiento que, siendo tan profundo, me hizo reflexionar. De momento recordé que le dije al abuelo que iba a pasar a verlo. Salí para su casa, pero me detuve un momentito porque vi que Graciela, la hija de Doña Myriam, venía por el camino. Nos saludamos, y ya que ella iba a seguir, le pregunté si veía la novela que pasaban los sábados. Me contestó que sí. Por pura curiosidad, le pregunté si ella entendía que había algunas enseñanzas de las cuales se pudiera aprender algo. Me aseguró que así era. Me dijo que tiene una libreta donde anota muchas de las frases o dichos que son parte de la novela. Me alegré que fuera así. Me despedí de ella y continué mi camino hacia la casa de abuelo.

Cuando le conté lo ocurrido, se quedó sorprendió por mi ocurrencia, pero de inmediato recordó que la Biblia nos trae una enseñanza poderosa sobre ese tema. La buscó, hojeó la concordancia y encontró que en Eclesiastés 4:9-11 tenía la respuesta para mí: «**Es mejor dos que uno, porque ambos pueden ayudarse mutuamente a lograr el éxito. Si uno se cae, el otro puede darle la mano y ayudarle; pero el que cae y está solo, ese sí que está en problemas. Del mismo modo si dos personas se recuestan juntas, pueden brindarse calor mutuamente; pero ¿cómo hace uno solo para entrar en calor?**».

Hoy aprendí que colaborar y apoyarse, hacen que dos personas sean más fuertes que una sola. Además, me recordará que alguien tendrá un hombro o su mano extendida para que, en momentos de soledad o temor, pueda contar con su compañía. Me vino a la mente algo que leí y me hizo mucho bien. *"Un sabio te puede indicar el camino; pero si además es una gran persona, te acompañará"*. Antes de despedirme de abuelo, le dije a modo de chiste, "Desde el próximo sábado nos sentaremos juntitos para ver la novela. ¿Qué te parece?". Me hizo un guiño y asentó con su cabeza, o sea, me dijo que sí. Abuelo, si no lo sabe, se lo inventa, pero esta vez sí dio en el clavo.

Había dado algunos pasos cuando escuché que me dijo, "Está en Génesis 2:18: «**Después el Señor dijo: No es bueno que el hombre esté solo. Haré una ayuda ideal para él**».

Un camino andado, una senda, un destino

Descubre en tu corazón
todo lo que Dios es.

Una esponja bien "enchumbá"

Hoy sí que estoy contento y sé que abuelo lo estará más. He tenido la oportunidad de leer una reflexión que me llamó la atención y me hizo mucho sentido. El tema estaba centrado en la invitación que me llevaría a meditar profundamente, para descubrir hasta dónde he llegado y hacia donde me dirijo. Decía que, para lograrlo, hay que:

1. Tomar un tiempo para hacer un análisis, conscientes de que hemos fallado, pero no todo está perdido. Existen segundas oportunidades para que podamos seguir adelante con lo soñado.

2. Intentar descubrir dónde fue que nos detuvimos o dimos marcha atrás al querer lograr nuestros sueños y metas. Mantenernos firmes, será de gran ayuda.

3. Identificar qué cosas pueden haber creado un corazón de piedra de manera que lo pudiera cambiar en un corazón de esponja.

Estaba pensando sobre el tema cuando mami me recordó que abuelo me esperaba. Ella le había ofrecido una verdura con bacalao, así que no podía fallarle. Llegué bastante rápido. Tan pronto abuelo terminó de almorzar, le hice mención de lo que había estado leyendo. Así que le pregunté que si en la Biblia o cualquier otro libro que tuviera, podría encontrar algo que me ayudara a entender mejor los puntos señalados, especialmente el tercero. A los minutos me tenía una respuesta, como siempre, cargada de sabiduría.

Utilizó la referencia bíblica en Génesis 37 donde hace mención de lo sucedido con José y sus hermanos. (1) José tuvo una experiencia negativa. (2) sus hermanos le despojaron de su túnica y lo tiraron en una cisterna, luego desistieron y (3) lo vendieron a unos mercaderes que se lo llevaron a Egipto. (4) fue vendido a Potifar, un oficial egipcio. Ocurrió que José fue bendecido, a partir de ese momento.

Enseguida le pregunté al abuelo, ¿cuál fue el secreto de José para que Dios estuviera con él aun en medio de su esclavitud? Me dijo, "José mantuvo su fe en sus promesas. Dios no le iba a fallar nunca. Estaba seguro que cada día que se levantaba a orar al Señor, Él le respondería. Se sumergía en su oración íntima con su Señor esperando el momento de su liberación. Se sumergía, como si fuera una esponja en la Palabra del Dios que tanto él amaba".

Abuelo me compartió una reseña que había leído: *Si tiras una piedra en el agua, al poco tiempo cambiará su color y su textura, pero por dentro seguirá estando tan seca como siempre lo ha sido por la dureza de su naturaleza. Si sumerges una esponja en el agua, también cambiará de color, pero absorberá toda el agua que pueda hasta quedar empapada.* "¿Sabes qué Lucas? Hay corazones de piedra y corazones de esponja. Los hermanos de José tenían un corazón de piedra. Fueron duros, ingratos, indiferentes al dolor de su hermano. José tuvo un corazón de esponja. No importaba en dónde se encontraba, siempre hacía algo en bien de su prójimo. Absorbía solo lo bueno".

Para resumir, abuelo le dio énfasis a lo que significa el corazón. Me dijo algo que me impactó. En la Biblia, es una representación de lo más profundo de nuestro ser. Es el lugar donde nuestras emociones, deseos y temores tienes su raíz. Es a partir del corazón que nuestras vidas son guiadas y formadas, es el objeto de la obra transformadora de Dios.

"Lucas, tú y yo debemos tomar la decisión de escoger tener un corazón de esponja. Nadie lo puede hacer por nosotros, así que empecemos cada nuevo día absorbiendo la Palabra de Dios y veremos que pronto nuestras vidas tomarán otro giro. Hagamos lo mismo que José. Seamos esponjas, pero una esponja bien 'enchumbá', impregnada de todo lo que Dios es: amor, paz, misericordia, bondad y luz en el camino". A la verdad que abuelo no me deja de sorprender.

Las cosas que nos hacen ver diferentes,
nos hacen ser especiales.

El árbol torcido

En uno de esos paseos que solíamos dar, un día vi a la orilla de la carretera, un árbol torcido. Enseguida le pregunté al abuelo por qué se habría torcido. El me invitó a sentarme bajo ese mismo árbol que, aunque torcido, todavía daba sombra. Fue bonito escuchar que también servía para que los pájaros anidaran, las personas tomaran una siestecita, otras meditaran o leyeran. Me vio tan interesado en lo que me decía, que me compartió un pensamiento corto, pero que decía mucho: *"No hay nada pequeño si la intención es grande"*.

Para aplicar lo del árbol torcido, abuelo mencionó que muchas personas, se torcían viviendo preocupados por problemas que no son reales. Otras vivían en un estado de amargura casi permanente. La falta de salud, un diagnóstico no esperado, el fin de una relación, finanzas maltrechas, problemas familiares que parecían no tener fin y como si fuera poco, la falta de fe. Estos son algunos de los componentes que afectaba su diario vivir.

La vida es corta como para vivirla como si no nos importara y se tuerce cuando no se aprovecha el tiempo en cosas mejores. Lo peor es que nos daremos cuenta que la perdimos sin hacer el menor esfuerzo. Siempre hay algo bueno que decir y hacer para enderezar lo torcido. Sólo hay que intentarlo una y otra vez hasta superarlo. Por eso es necesario:

- No ofender si no se desea ser ofendido.
- No buscar señalar al otro, si no deseas ser señalado.
- No culpar al otro por lo que te sucede

- No desear mal a nadie, porque es lo que cosecharás.

Aunque molestarse es parte del diario vivir, no tiene por qué llevarse al extremo, hasta convertirla en un caos. La Biblia es clara. Nos ofrece todo lo que necesitamos para que, aun siendo 'árboles torcidos', podamos ser de bendición para muchas personas y para nosotros mismos. Efesios 4:2 en adelante nos ofrece todo lo que necesitamos: «**Sean siempre humildes y amables, pacientes, tolerantes unos con otros en amor. Esfuércense por mantener la unidad del Espíritu mediante el vínculo de la paz. Líbrense de toda amargura, ira, enojo, palabras ásperas y toda clase de mala conducta, sean amables de buen corazón y perdónense unos a otros como Dios lo ha hecho con ustedes»**".

Abuelo no llegó a explicarme por qué se había torcido el árbol que nos encontramos en el camino, pero lo que me enseñó, me sirvió mucho más. Muchas veces, Dios utiliza hasta un árbol torcido para hacernos conscientes que Él está a cargo de todo lo creado y debemos considerarlo, sin dejar de pasar por alto los pequeños detalles. Cuando llegue a viejo, siempre recordaré todo lo que aprendí. Es más, recordaré el Salmo 1:3: «**Son como árboles plantados a la orilla de un río, que siempre dan fruto en su tiempo, sus hojas nunca se marchitan y prosperan en todo lo que hacen**».

No dejo de aprender. Por eso aprovecho todo lo que veo a mi alrededor. La naturaleza habla, se hace entender tomando diferentes formas. Cuando algo ande mal, recordaré el árbol torcido. Así me ayude Dios.

Un camino andado, una senda, un destino

Darle la gloria a Dios en todo momento, te hace libre. Añade un grado de confianza que nada ni nadie podría igualar.

¡Gloria, gloria, gloria!

Hace unos años escuché una interpretación de un tema que me llegó a lo más profundo de mi ser. Me hizo reflexionar, meditar y recordar todos los momentos en que fue necesario recurrir a buscar de la presencia de Dios. Abuelo Tomás se había encargado que yo desde muy jovencito, tuviera presente todas aquellas cosas que me mantenían cerca de Dios.

Que me agradara hablar con abuelo ha tenido resultados. Recuerdo que un día me dirigí a su casa donde lo encontré sumergido ojeando un libro y a la vez escuchando una hermosa melodía, al menos, eso fue lo que escuché. Quedé asombrado porque de esa canción era que quería hablarle. Cuando levantó la vista y me vio, se puso muy contento. Ya en pie, me recibió con los brazos abiertos y me dio un buen apretón. Así era él de cariñoso.

Aproveché ese momento y le mencioné sobre la canción que me había causado tan buena impresión. En realidad, no recordaba la letra completa, pero sí algunas palabras que fueron las causantes de que quedara tan impactado. Abuelo ya estaba nervioso. Quería saber más sobre esa experiencia que me había causado tanta alegría. Le pregunté al abuelo si él había leído, o escuchado alguna vez, sobre la gloria de Dios. Al segundo me contestó, "Claro que sí Lucas". Me invitó a sentarme cerca de él pues no quería que perdiera ni un solo detalle de lo que me iba a compartir.

Me dijo que, para empezar, buscaríamos qué nos dice la Biblia. La sabiduría de los siglos se encuentra en cada capítulo escrito para bendecirnos. En Juan 1:14: **«Y el Verbo se hizo carne, y habitó** entre nosotros, y vimos su gloria, gloria como del unigénito del Padre, lleno de gracia y de verdad».**

El rostro de abuelo resplandecía. Tal parecía que el tema era de su agrado y lo estaba demostrando. Para aclarar un poco el concepto, si se puede llamar así, me dijo, "La gloria de Dios es la grandeza, es la majestuosidad y su poder que lo hace superior sobre todo lo creado. Cuando hablamos de la gloria de Dios, debemos tener presente, que está disponible para todo aquel que cree en Él, en su palabra y en sus promesas".

Le pregunté si parte de creer en sus promesas, es aceptar que Su gloria maneja nuestras vidas. Me dijo que hay varias formas en las que las personas pueden manifestar la gloria de Dios en sus vidas. "Una de ellas es vivir de acuerdo a los principios y valores que Jesús nos dejó como legado. Esto, aunque parezca un tanto difícil, lo que quiere decir es que debemos obedecer sus mandamientos y vivir una vida recta. Al mostrar amor, misericordia, generosidad y humildad hacia los demás, estamos manifestando la gloria de Dios en nuestras acciones. ¿Acaso no es lo que Jesús estuvo enseñando mientras predicaba a lo largo de su ministerio? -continuó diciendo- Podemos manifestar la gloria de Dios a través de nuestro testimonio. Cada palabra, y cada acción deben estar acorde a lo que Jesús nos legó. Al compartir nuestra fe con aquellos que nos rodean, ellos podrán ver cómo hemos sido transformados. Al contar nuestras experiencias y cómo la fe en Jesús nos ha dado esperanza y propósito, estamos manifestando la gloria de Dios y animando a otros a buscarlo de todo corazón".

Las preguntas seguían fluyendo. Casi no dejaba que surgiera una pausa muy larga. Abuelo se quedó de una pieza cuando le pregunté si la gloria de Dios también me podía cargar en sus brazos cuando estaba cansado o triste. Como joven también tenía mis cargas. Abuelo me aclaró que, 'eso de cargar en sus brazos' era una metáfora que tiene versículos en la Biblia que lo sostiene. **«Como uno a quien**

su madre consuela, así yo os consolaré; en brazos seréis llevados, y sobre las rodillas seréis acariciados» (Isaías 66:12-13). Así es como Dios nos muestra su ternura y cuidado. Quedé de una pieza cuando me dijo, "Lucas, no hay duda, la gloria de Dios puede cargarnos en sus brazos, no solo físicamente, sino también en un sentido espiritual. Nos sostiene, nos consuela y nos guía en nuestro camino. Siempre lo hará, aunque no estemos conscientes de ello".

La verdad es que estábamos pasando un buen tiempo, así que seguí preguntando. Abuelo, "¿Se puede sentir paz a través de la gloria de Dios?". Como era de esperarse, abuelo me dijo, "Sentir paz a través de la gloria de Dios implica confiar en alguien superior, encontrar esperanza en medio de las dificultades y vivir en armonía con los demás. Como Jesús sabía, porque conocía al ser humano mejor que nadie, un día pronunció estas palabras recogidas en el Libro de Juan 14:27: **«Les dejo un regalo: paz en la mente y en el corazón. Y la paz que yo doy es un regalo que el mundo no puede dar. Así que no se angustien ni tengan miedo»**".

Como no había prisa, abuelo continuó recordándome que el Dios que todo lo sabe, ofrece esa paz que sobrepasa todo entendimiento. Como dice Hebreos 1:3: **«El Hijo es el resplandor de la gloria de Dios, la fiel imagen de lo que Él es, y el que sostiene todas las cosas con su palabra poderosa»**.

Según Dios se manifestaba a través del abuelo, así mismo yo iba recibiendo aquellas palabras cargadas, no solo de información, sino también de esa sabiduría que viene del cielo para bendecirnos. Pensando que ya era bastante por ese día, le pregunté al abuelo si por la gloria de Dios éramos bendecidos y prosperados, para que nunca nos faltará el pan de cada día que se menciona en el *Padre Nuestro*. Sé que abuelo está orgulloso de mí. Me dijo que llegaría a ser un hombre de bien. Además, me hizo saber que el libro de Deuteronomio contenía palabras dignas de no ser olvidadas. Moisés y Josué, se hicieron cargo en el capítulo 28:11: **«El Señor te dará**

prosperidad en la tierra que les juró a tus antepasados que te daría, te bendecirá con cosechas abundantes».

Abuelo me comentó que, además de todo lo compartido, podemos manifestar la gloria de Dios al vivir en unidad y amor dentro de la comunidad donde nos desarrollamos. Es cuando amamos y nos apoyamos mutuamente, que estamos reflejando el amor de Dios y mostrando al mundo que somos sus discípulos. En ocasiones, pasaremos por alto todas las enseñanzas que Jesús nos legó, no obstante, Él siempre se hará presente para que confiemos plenamente en que, por la gloria de Dios, seremos sanados, restaurados, prosperados, dignos de llamarnos ser sus hijos y salvos para dar testimonio de todo lo que Él hace por nosotros.

De regreso a casa, me encontré con Glorita, mi compañera de estudios. Por curiosidad le pregunté qué significaba su nombre. Me dijo que, en realidad, aunque le decían Glorita, su nombre era Gloria. Su mamá lo escogió porque cuando buscaba cómo la llamaría, encontró que significaba "fama, honor, esplendor o buena reputación". Por su fe cristiana, sabía que su hija siempre estaría cuidada y protegida porque así era la gloria de Dios.

No tuve ninguna duda. Lo que Dios quiso hablarme a través de una sencilla canción, que luego compartí con abuelo, lo pude comprobar ese mismo día. No hubo casualidades, sino la causalidad que se me expresó en canción. Dios siempre tiene una respuesta para mí, para que nunca deje de creer.

Desde hoy, gritaré a los cuatro vientos, ¡Gloria, gloria, gloria a Dios en la alturas y paz en la tierra entre los hombres de buena voluntad! Le hablaré a Dios temprano en la mañana para comenzar un día rodeado de esa gloria que me fue presentada de forma sencilla. Él es merecedor de toda gloria, toda honra y toda alabanza. Sé que cuando le cuente esta experiencia a mi mamá, ella estará feliz. Mis acciones, mi forma de hablar y mi comportamiento hablarán por mí.

Abuelo no tiene idea de todo lo que despertó en mí esa conversación que sostuvimos hoy.

Estas palabras quedarán grabadas para siempre. «**Padre, quiero que los que me has dado, estén también conmigo donde yo estoy, para que vean mi gloria, la gloria que me has dado; porque me has amado desde antes de la fundación del mundo**» (Juan 17:24).

Una palabra, una acción o una muestra de cariño, son capases de transformar nuestro entorno.

Un buen legado

Hace unos días escuché una reflexión donde hablaban del legado de un hombre que supo hacer la diferencia, el Padre Benjamín. Fue capaz de transformar la vida de miseria de muchos, por una calidad de vida de bendición. Aunque muerto, vivía en el legado que dejó. Al hacer tanto por su prójimo, nació de nuevo, tanto en sus corazones como en su espíritu. Se sentía su presencia cuando se caminaba por donde él dejó una huella de amor. Estoy seguro que abuelo Tomás hará lo propio. Sé que es así, porque de las preguntas interminables que siempre le tengo, no se podría quedar esta. Leí que Nicodemo quería saber si se podía nacer de nuevo después de morir. "Abuelo ¿eso puede ser así?".

"Vamos a ver Lucas, esto que me preguntas requiere darle mucho pensamiento. Hace algún tiempo, tu tía Isabel, también me hizo misma esa pregunta. La Biblia, que tiene respuesta a toda duda, me lo dejó claro. Leí Juan 3:1-15, así que pude compartirlo con ella.

Nicodemo necesitaba respuestas a muchas de sus preguntas relacionadas con el Reino de Dios. Reconocía que Jesús, el cual había venido de Dios, podía responder a sus preguntas. No debe tomarnos de sorpresa lo que ocurrió. Jesús, conociendo sus pensamientos y sus preguntas le dice a Nicodemo: **«De cierto, de cierto te digo, que el que no naciere de nuevo, no puede ver el reino de Dios»** (Juan 3:3).

Ahora viene lo más importante, -me dijo abuelo- a pesar del conocimiento que Nicodemo tenía de las escrituras y su intento de guardar estrictamente la ley, él estaba muy alejado de Dios. No podía entender el lenguaje espiritual con el que Jesús le hablaba". Como todavía no estaba claro para mí, a modo de resumir lo que abuelo acababa de leerme, le dije, "Así que lo que Jesús quería era que Nicodemo entendiera, que no se trataba de entrar otra vez al vientre de la madre. Eso es más profundo. Es permitir que nazca un nuevo ser, espiritualmente hablando, con todo lo que esto conlleva".

El rostro del abuelo resplandeció, "Eso precisamente, era lo que Jesús deseaba. Al nacer de nuevo le estamos dando la oportunidad a Dios, para que todo lo que trajimos como parte del equipaje del primer nacimiento, fuera cambiado a uno que nos lleva a parecernos más a él. A partir de esta revelación podemos afirmar que los ojos, la mente, la voz, las manos y el corazón han sido cambiados para que seamos capacitados para una vida mejor. Tal vez está un poco fuerte para tu entenderlo, pero Pablo lo establece así: **«De modo que, si alguno está en Cristo, nueva criatura es; las cosas viejas pasaron; he aquí que todas son hechas nuevas. Todo esto es un regalo de Dios. Él nos trajo de vuelta a sí mismo por medio de Cristo»** (2 Corintios 5:17).

Eso no es todo, abuelo cerró la conversación así: "Lo acontecido fue para que muchos años después, pudiéramos estar reflexionando sobre el tema. Somos bendecidos al crear conciencia de nuestra relación con Dios. Esa verdad es una maravilla".

Gracias al Padre Benjamín por el legado que dejó, que sumado a las palabras sencillas de abuelo, puedo discernir mejor lo compartido. Sé que la Palabra de Dios y las buenas acciones, hacen la diferencia. Me llevo, seguro de lo aprendido, que no tengo que morir físicamente para nacer de nuevo. La mejor forma para que esto ocurra, es dejando una huella sobre ese camino andado, un legado para fortalecer la fe de los que nos preceden.

Un camino andado, una senda, un destino

El aprecio a las personas comienza
un día cualquiera, siempre que
al hablar, abras el alma.

Sorpresas que edifican

Era viernes, cerca del mediodía. Cuando iba camino a la casa de abuelo, pasé por el colmado de Don Gaspar. Allí me encontré con cuatro de los mejores amigos de mi abuelo, Don Carlos, Don Eusebio, Don Antonio y Don Paco. Jugaban dominó muy entusiasmados, así que ni me vieron llegar. Al saludarlos se asombraron de verme porque se suponía que yo estaría en la escuela. Les dije que era el día del maestro y estaba libre.

La sorpresa fue mayor cuando les dije que abuelo cumplía años y yo iba a aprovechar para pasar un rato con él. Se les ocurrió que podíamos ir todos y así pasar un buen momento. Hacía tiempo que no se encontraban, así que partimos hacia su casa. Cuando abuelo los vio llegar se puso contentísimo. Enseguida ofreció café y luego pasamos al balcón del frente de la casa que tenía una vista preciosa.

Pasado un buen rato, abuelo hizo una pregunta un tanto rara, "¿Alguno de ustedes ha leído el cuento de Hansel y Gretel?". Todos dijimos que no con un movimiento de cabeza. Abuelo tomó la palabra y empezó con el cuento, "Hansel dejaba migajas de pan en el bosque para que lo guiara a él y a su hermana de regreso a su casa, pero no pudieron encontrar el camino, porque los pájaros del bosque se comieron las migajas de pan". Todos se rieron. Pensaron que era un chiste que él quería compartirles.

Abuelo fue mirando a cada uno de sus amigos. Les dijo, "No lo tomen a mal. Es que hoy me levanté un poco nostálgico. Temprano en la mañana me vino el recuerdo de cuando nos juntábamos para hablar de mil cosas. Nos dábamos la cerveza fría y luego cada uno para su casa. No menos importante fueron muchas las veces que familiares y amigos nos juntábamos para recordar desde las cosas menos importantes hasta aquellas que habían cambiado nuestras vidas. Celebrábamos los nacimientos de nuestros hijos y luego la de los nietos. Me decía a mismo que con el tiempo las cosas van cambiando. Los amigos se olvidan un poco, la familia toma rumbos diferentes, los vecinos se mudan y de pronto te encuentras solo, en medio de los recuerdos. Es como si se les hubiera perdido el camino. Es como si los pájaros se hubieran comido las señales del camino a la casa de cada uno de nosotros. La bendición grande es que no tenemos que tirar migajas por el camino para llegar a nuestro destino. Tan solo debemos hacer un pequeño esfuerzo y lo demás fluye. Creo que eso es lo que sucedió hoy".

Abuelo se fue acercando a cada uno de sus amigos. Les daba un abrazo y les decía algo al oído. Cuando llegó donde mí, recordó que era su cumple vida, como siempre decía. Nadie había dicho nada, así que él creía que ninguno había recordado esa fecha. Me abrazó y me dijo que yo era el mejor regalo que había recibido. El entendía que era una intervención divina. Así era su fe.

Salimos de la casa del abuelo felices y contentos. Hacía tiempo que no lo veía así. Durante el trayecto, Don Mateo dijo que abuelo era un hombre muy especial, muy sabio e inteligente. Mencionó que jamás olvidaría las palabras que le dijo al oído mientras lo abrazaba: **"«Los buenos amigos sacan lo mejor de nosotros y realzan nuestros puntos fuertes»**. Léelo -le dijo- está en la Biblia en Proverbios 27:17"

Cerca de dejar el camino que me llevaba a casa me di la vuelta, le tiré un beso y le grité que lo amaba. Por su rostro bajó una lágrima, no de tristeza, sino de alegría. Estaba feliz por la sorpresa grata, esa que edifica y deja huellas. Siento que sigo estando en deuda con abuelo. Creo que no pasará una semana más cuando me reúna con los viejos amigos de abuelo para planificar otro encuentro. Seguro que todos estarán de acuerdo. Les diré que para esa ocasión podemos llevar la guitarra, el cuatro y las maracas. Viejos recuerdos, sumados a las nuevas experiencias que la vida les ha regalado, serán suficientes para celebrar una amistad que estuvo en el plan de Dios desde antes de ellos conocerse.

Detente, verifica, toma la decisión correcta y prosigue con paciencia.

No pierdas los estribos

Abuelo tenía una guagua que cuidaba con mucho esmero. La había comprado de segunda mano, en realidad, era para usarla cuando salía lejos a resolver alguna situación en particular. Uno de esos días que parece que no tenemos nada que decirnos, le pregunté por qué su guagua tenía estribos. Me dijo que su antiguo dueño era bajito de estatura y eso lo ayudaba para subirse. Mientras me decía eso, tenía una cara pícara. Me aseguró que no se estaba burlando de la estatura, sino del trabajo que pasaba con todo y la guagua tener estribos. "Válgame Dios abuelo -le dije- tú eres la changa Maximina" (había leído que esto significaba, habilidad astuta y calculada para conseguir ciertos propósitos).

Abuelo no me hizo mucho caso. Así que me dijo, "Lucas, si tú supieras, hace poco leí una noticia de un vigilante que fue atacado en un subterráneo en Nueva York. Mató a los cuatro maleantes que intentaban quitarle la vida para robarle. Por ese hecho, se convirtió en un héroe. Luego de unos días estuve recordando el hecho y me di cuenta que la reacción del hombre, aunque fue en defensa propia, deja claro que ese coraje, esa irritación se llama ira. En otras palabras, se pierden los estribos. Llega la furia, la amargura, los deseos de venganza, un odio desbordado. La gente se convierte en bombas de tiempo ambulantes, que les hace explotar. Ejemplos: Cuando alguien se cuela en la fila del banco, le quitan el lugar del estacionamiento, la mesera del restaurante se tarda demasiado o llegas tarde a una cita por causa del tapón".

Nada sucede por casualidad. Al principio no teníamos de qué hablar y fíjate como algo tan sencillo, nos lleva a reflexionar. Fuimos de los estribos de la guagua a la pérdida de estribos de una persona, que su impaciencia la lleva a perder la calma. Me hice varias preguntas porque me puse en la posición del hombre que fue asaltado. ¿Es esa una manera saludable de vivir? ¿Qué bien ha traído, alguna vez, la ira, el odio, el enojo, la soberbia o la envidia? ¿Qué problemas han sido resueltos por la venganza?

"De algo nos sirven estos temas", susurró abuelo. Busqué cuál era el origen de la expresión "perder los estribos". El origen lo tenemos algunos siglos atrás, cuando los caballos eran el medio de transporte común y el jinete controlaba al animal mediante los estribos, que son unas piezas de metal o cuero por lo general, que se unían a la silla de montar mediante una tira ancha de cuero y donde el jinete posaba los pies. Por lo tanto, si éste sacaba sin querer los pies de los estribos, existía la posibilidad de que perdiese el control sobre el caballo, la expresión ha ido evolucionando hasta el significado actual.

Analizando este tema, podemos concluir, que hay una forma de aplicarlo. Es utilizando el sentido figurado, o sea, que a la persona se le acaba la paciencia, muestra una actitud impropia fuera de todo comportamiento racional. Cuando alguien "pierde los estribos", por lo general, se deja llevar por sus más bajos instintos o sentimientos; mostrando una actitud impropia y fuera de todo comportamiento racional.

Entonces abuelo muy seguro me dice, "La alegría me invade. En la Biblia está claro el uso de los estribos en situaciones particulares. David le dijo a su amigo Jonatán, porque sabía que Saúl lo buscaba para matarlo, 1 Samuel 20:7 «**…pero si se enoja y pierde los estribos, sabrás que está decidido a matarme"**. En Proverbios 15:18 **"El que pierde los estribos con facilidad provoca peleas, el que se mantiene sereno, las detiene»**. Este es el mejor tiempo para compartir a otros estos versículos, que son capaces de transformar la mente y sus pensamientos. No se debe permitir que el coraje y la ira frenen tu vida, haz un alto y respira profundamente. Si sabes controlar tus emociones, sabrás cómo lograr sobrepasar los momentos malos. Pídele a Dios que te ayude".

Continuó diciendo, "En Lucas 23:34, Jesús, ante la gente que lo maltrató y lo llevó a la cruz, no hizo que perdiera los estribos, sino que dijo: **«Padre, perdónalos porque no saben lo que hacen»**. Seguramente, Jesús consideró a esas personas como víctimas. Vio en sus rostros confusión en vez de odio. Actuemos como Jesús lo hizo. No pierdas los estribos. No permitas que tu estado de ánimo dirija tus pasos".

Oración

Señor, hoy te presento mi estado de ánimo. Ayúdame a controlar todas mis emociones para que mis enojos, no me distraigan de lo que Tú quieres hacer conmigo. Deseo ser capaz de controlar todos mis estribos, y así no caerme mientras paso por esta vida que me has regalado. Que la paz, el amor y el perdón sean la clave para aprender a vivir plenamente. Que nunca olvide que el amor no deja de ser y han de acompañarme en todo momento y lugar. Sé que a la vida hay que darle a manos llenas. Tú nos la regalaste para que veamos el milagro grande que has hecho en cada uno de tus hijos. Gracias porque sé que has anotado mi nombre en el libro de la Vida. Amén.

Toda buena obra debe quedar impresa en el alma, para que nada nos lleve a perder el equilibrio.

A mí "plin"

Cuando llegaba el sábado, me ponía contento. Sabía que abuelo me esperaba y sonreía de oreja a oreja cuando me veía llegar. Ese día fue un tanto especial. Mientras iba de camino, pasé por la casa de Doña Petra. Escuché que hablaba en voz alta. Estando más cerca, era más fuerte. Discutía con su esposo porque él quería ir a jugar dominó con sus amigos y ella no le daba permiso. A veces no quisiera oír esas discusiones, pero era casi imposible. Algo que me dio risa fue que ella le dijo, si te vas, no te voy a cocinar, a lo que él le ripostó…a "mí plin". Seguí mi camino, que no fuera a ser que, me tocara mi "agüita" por estar escuchando lo que no me importaba.

Todavía me estaba riendo cuando llegué a la casa de abuelo. Me preguntó si había hecho alguna travesura. "Claro que no, deja que te cuente", le dije. Al terminar, le pregunté al abuelo qué era eso de "a mí plin". Al minuto me respondió con una sonrisa, "Te lo voy a explicar, ah, ten cuidado si la vas a utilizar alguna vez. Esa expresión, regularmente significa que no te importa, que te da lo mismo una cosa que otra. Si lo piensas bien, es una falta de prudencia, que en algunos casos hay que resolver. Otra forma de decir lo mismo, es que te importa 'un bledo' o que te importa 'un comino', o sea, que te da igual.

Pensé que el abuelo no tenía nada más que decirme. Cuando me dirigí a la puerta, me detuvo. Ya sabía yo que faltaba algo. Nos sentamos de nuevo. Me dijo que, si leía lo que Pablo le había escrito a la gente de Gálata, me daría cuenta que les estaba diciendo que no podía darles lo mismo, seguir un evangelio diferente que aparentaba ser la Buena Noticia pero que no lo era.

Estaba un tanto distraído pensando en lo que abuelo me decía. Él se dio cuenta, así que aprovechó el momento para traer a la conversación de lo que ocurrió con Doña Petra y su esposo. Me dijo que la expresión del esposo de Doña Petra no fue la más acertada. Cuando nos deja de importar, cuando nos da lo mismo lo que la otra persona diga o piense, estamos enviando el mensaje incorrecto. Una forma de aplacar el coraje es tomándose unos segundos para respirar profundo y soltar. Dejar ir y asegurarse que lo que salga de sus labios no sea ofensivo. Necesitamos nutrirnos de las palabras que nos ofrece la Biblia. Pablo dirigiéndose a la gente de Filipo les dijo: «**Le pido a Dios que el amor de ustedes desborde cada vez más y que sigan creciendo en conocimiento y entendimiento. Quiero que entiendan lo que realmente importa, a fin de que lleven una vida pura e intachable hasta el día que Cristo vuelva**» (Filipenses 1:10).

Así era abuelo. No perdía ni un solo momento para depositar una semilla de fe. Estaba seguro que lo que yo aprendiera iba a dar buen fruto. A veces me hacía preguntas capciosas. Él quería estar seguro que yo estaba creciendo, no solamente en estatura física, sino espiritualmente. De algo estoy seguro, antes de dar como respuesta, un a "mí plin", pensaré en las palabras del abuelo que siempre estaban llenas de sabiduría. En adelante, lo que salga de mi boca nunca será ofensivo. Seré prudente al demostrar amor, respeto y consideración a los que me rodean. Después de todo, el amor es la esencia que impulsa todo lo sublime que ha sido depositado en nuestro ser, desde el vientre de nuestra madre.

Oración

Gracias Dios, Tu palabra no vuelve atrás vacía. Siempre me deja un buen sabor. Sí, un buen sabor a paz y bienestar en mi alma. Todo lo que se trata de ti me trae consuelo y deseos de vivir el milagro maravilloso que es estar en Tu presencia. Deseo que todo sea importante para mí y que no deje pasar ni un solo momento sin agradecértelo. Mi felicidad proviene del corazón, donde sembraste la semilla del amor para darlo de forma abundante al que está a mi alrededor. Amén.

Esa pregunta que te ronda, puede ser el resultado de un interés genuino, que te ayudará a descubrir cosas nuevas.

Al grano

Tengo una habilidad de meterme en hoyos profundos, por decirlo de alguna manera, o sea, se me ocurren unas cosas que yo mismo me asombro. Iba de camino para la casa de abuelo, cuando de pronto me encuentro con Doña Beatriz que venía del colmado. Me detuve para saludarla. Jamás pensé que se aprovecharía de mi nobleza. Digo esto, porque al preguntarle por su esposo, justo donde estaba parada, dejó en el piso todo lo que había comprado. Tomó la palabra y como dicen en el barrio, no quería 'soltar los topos'.

Miré el reloj y me di cuenta que tenía el tiempo justo para ir a la casa de abuelo y regresar con mami. Doña Beatriz me contó que su esposo perdió el trabajo. Sin detenerse, quiso contarme toda la historia de su vida. Volví a mirar el reloj y vi que llevaba media hora hablando y no parecía querer terminar. Le pregunté, "¿Con todo respeto, puede ir al grano?". Ella se molestó, me miró a los ojos y me dijo que creía que a mí no me interesaba lo que le había pasado al esposo. Me excusé con ella y casi salí corriendo. Ni siquiera volví la vista atrás…por si acaso.

Abuelo me esperaba sentado en su hamaca. Le conté lo que me pasó y en vez de apoyarme, empezó a reírse. Aproveché y le pregunté sobre "lo de ir al grano", porque yo se lo dije a Doña Beatriz y no sabía ni por qué. Con todo el cariño del mundo, el abuelo me dijo que ir al grano significa ser directo, claro y decir en pocas palabras lo que se tenga que decir, sin rodeos, yendo a lo importante sin adornarlo mucho. "Te tengo una anécdota -me dijo- para que entiendas de qué se trata la frase 'ir al grano'. Ocurrió durante el encuentro que tuvieron Don Pablo y Antonio.

"*Hola, Don Pablo. ¿Tiene un minuto? -Claro, dime -Verá, ayer, o fue antes de ayer... no me acuerdo, total, que me invitaron a comer al nuevo... Antonio, por favor, ve al grano. No tenemos todo el día". A Antonio no le gustó, no le hizo ninguna gracia y siguió su camino, refunfuñando, hablando entre dientes en señal de lo enojado que se sentía".*

Abuelo me dijo que con mami le pasa algo parecido. A veces me llama y me empieza a contar una historia tan larga que se le olvida para qué fue que llamó. A veces tengo que decirle, mija ve al grano, me tienes mareado. Por el cambio de voz, entiendo que no le gustó ni una chispa lo que le dije. Eso suele ocurrir. Parece que la gente tiene necesidad de hablar, pero no escogen el mejor momento".

"Te voy a añadir algo más", me dijo abuelo mientras buscaba la Biblia. ¡Ya sabía yo que faltaba algo! Fue interesante porque hizo referencia al estilo de Jesús al hablarles tanto a sus discípulos, como a la gente que le seguía. Los temas que les traía, aunque a veces eran un poco controversiales, él sabía cómo ir al grano, para dejar aclarada cualquier duda que tuvieran. Creo que Jesús utilizaba, sin decirlo, el término al grano como la esencia de lo que era importante que debían saber. El final de la parábola de *El buen samaritano*, es un buen ejemplo ya que las palabras finales son: **«Ve y haz tú lo mismo»**.

Abuelo me recomendó que la leyera en Lucas 10:25-37. "Hay mucha sabiduría en la forma como Jesús utilizaba las parábolas. Un día de estos volveremos hablar sobre el tema. La sabiduría de Jesús lo llevaba a comprender a sus seguidores. Por eso iba al grano cuando tenía que comunicarles algo importante. Mi consejo para ti es, que cuando vuelvas a encontrarte con Doña Beatriz, empieces tú contándole cómo te va en la escuela, de la clase que más te agrada, de los encuentros con tu abuelo, de los paseos, de lo mucho que tu mamá te ama y cualquier otro tema que no sea interesante para ella. Seguro que, en vez de decirte, Lucas ve al grano, te dirá…cállate, cállate, que me desesperas".

Un camino andado, una senda, un destino

Caminar hacia el lugar correcto
nos permite llegar con éxito.

Hacia a ti

Me recuerdo el día que fui con abuelo a ver la película de *Lion King*, estaba muy emocionado. ¡Nos encantó! Abuelo y yo, inspirados, comenzamos a conversar sobre tantos temas que esta película contenía. Como era usual, abuelo comenzó con sus grandes enseñanzas. ¡Cuánta ternura! Esto lo tomé como parte de la lección que me dejó un simple león. Aprendí que siempre hay un camino que nos lleva a la transformación. La dirección correcta a tomar (no es exclusiva de la película) puede ser aplicada en todo tiempo y lugar. Son las cosas que nos hacen pensar, a la vez que nos ayudan en nuestro caminar. Solo hay que tomarlos en cuenta, yendo poco a poco sin prisa, pero conscientes de lo bien que nos vendría. Abuelo se tomó el tiempo para que ambos pudiéramos ver cómo aplicar algunos puntos importantes que se encuentran en una película, que se supone es solo para niños.

Hay que ir hacia adelante, para saber a dónde vas. Una forma de hacerlo es siendo paciente y persistente a la hora de definir tus metas, aquellas que le darán sentido a lo que has soñado. No seas demasiado duro contigo mismo, si no logras algo que has dispuesto. No importa cuán difícil sea el camino, date la oportunidad de aprender de tus errores para continuar hacia adelante, hacia una vida victoriosa. La Biblia nos ofrece la mejor señal, esta es la clave: «**Mira hacia adelante, y fija tus ojos en lo que está frente a ti. Traza un sendero recto para tus pies, permanece en el camino seguro. No te desvíes, evita que tus pies sigan el mal**» (Proverbios 4:25-27).

En ocasiones hay que mirar hacia atrás para no olvidar de dónde vienes. En lugar de aferrarte al pasado, debes avanzar con esperanza y confianza en Dios. Aunque esto es así, cuando una persona olvida de donde Dios lo sacó, termina confiando en sí mismo y llenándose de orgullo. Por ello es necesario reconocer que todo lo bueno ha venido de parte del Señor. Hoy es un gran día para traer a memoria las grandes maravillas de Dios y de dónde Él te sacó. Dile a Dios, ¿Qué sería de mí si no me hubieras alcanzado? En la Biblia encontramos palabras que inspiran: **«Ahora bien, sabemos que Dios dispone todas las cosas para el bien de quienes lo aman, los que han sido llamados de acuerdo con su propósito»** (Romanos 8:28).

Ir hacia adelante y mirar hacia atrás no es suficiente. Puedes mirar hacia los lados para ver quién te apoyó en los momentos difíciles. En la vida, algunas veces, se presentan obstáculos que te van a costar superarlos. Hay que darle tiempo al tiempo y pronto llegarás al lugar que siempre has soñado. Si crees que puedes, ya tienes la mitad del camino recorrido. Es cuestión de tener fe sabiendo que alguien se acercará y te extenderá su mano para ayudarte a salir airoso. **«La fe demuestra la realidad de lo que esperamos; es la evidencia de las cosas que no podemos ver. Por su fe, la gente de antaño gozó de una buena reputación»**. (Hebreos 11:1-2)

Como parte del proceso, también hay que mirar hacia arriba, para tener presente que eres cuidado y protegido. Hay una antigua anécdota que dice: *'Dos hombres miraron hacia afuera desde las rejas de la prisión. Uno vio barro, el otro vio estrellas'*. En otras palabras, donde un preso miró hacia abajo con desesperanza, el otro miró hacia el cielo con esperanza. ¿Hacia dónde miras tú? **«Cuando miro el cielo de noche y veo la obra de tus dedos, la luna y las estrellas que pusiste en su lugar, me pregunto, qué son los simples mortales para que pienses en ellos, los seres humanos para que de ellos te ocupes»** (Salmo 8:3-4).

Abuelo hizo un trabajo completo. Hoy, de regreso a casa, voy con la batería recargada. Mami no va a creerme que fui al cine con abuelo. Menos me va a creer que la película tenía muchas enseñanzas. ¡Estoy feliz! ¡Gracias abuelo! Este es el tiempo para empezar a marcar ese camino que nos lleva hacia Dios. En Él está cifrada mi esperanza.

Oración

Gracias Dios por trazar los pasos que me han de llevar por ese camino que Jesús anduvo y que lo dejó grabado en la mente y el corazón de cada uno de nosotros. Hacia ti camino convencido que, por tu Palabra, seré guiado y bendecido. Sé que aprenderé lecciones que me servirán de guía durante todo el trayecto. Lo creo con todo mi corazón. Amén.

Espera lo mejor y recibirás algo extraordinario que te servirá para el resto de tus días.

Si tan solo supieras

Hace una semana que no veo al abuelo. Estaba haciendo las gestiones para matricularme en la universidad. Sé que se pondrá contento, porque cuando le dije que me habían aceptado, se rio, luego lloró y me dio un abrazo de oso. Lo que él no se espera es que, le llevo una historia que leí en una revista mientras esperaba mi turno para ser atendido. Cuenta la historia que:

Un día un colibrí entró al garaje de una casa y luego de unos minutos se dio cuenta que no encontraba cómo salir. Daba golpes sobre el vidrio de las ventanas y sobre las otras paredes tratando de salir de allí, pero se le hacía imposible, El dueño de la casa, vio lo que pasaba y para ayudarlo tomó una escoba para moverlo hacia fuera. El colibrí creyó que le iba a hacer daño, dio hacia atrás, chocó contra la pared y quedó atontado. El hombre lo cogió con mucho cuidado y lo depositó en el borde de la ventana. Al fin el colibrí se recobró, voló y llegó a su casa. Ya en su casa contó que un ogro se lo quería comer vivo. Dijo, de pronto me puso en el borde de la ventana y así es que pude escaparme y llegar hasta aquí.

Mientras esto ocurría el hombre, un poco desconcertado, pensaba… si tan solo supieras colibrí que te quería ayudar, estaba de tu lado y el palo era para facilitarte que pudieras llegar hasta la ventana para que emprendieras vuelo hacia tu hogar.

Las enseñanzas de abuelo me han servido mucho. Ahora puedo buscar qué aprender hasta de un simple cuento. Estoy seguro que le va agradar la aplicación que hice. Lo primero que busqué fue la

Biblia para saber si había algo que me ayudara a comprender la lección del hombre que le salvó la vida al colibrí. En Juan 4:1-15, aparecen los versículos donde Jesús tiene un encuentro con una mujer samaritana que iba a sacar agua de un pozo. Cuando Jesús, le pidió de favor que le diera agua, la mujer sorprendida le respondió que él era judío y ella samaritana y se suponía que la rechazara. Las palabras de Jesús fueron: **«Si tan solo supieras el regalo que Dios tiene para ti y con quién estás hablando, tú me pedirías a mí, y yo te daría agua viva. Todos los que beban el agua que yo doy no tendrán sed jamás»**.

Espero que abuelo esté de acuerdo con lo que aprendí. El colibrí y la mujer samaritana no conocían del amor de Dios para ellos. El temor y el sentirse menos los alejaban de la bendición que había sido asignada para ambos. El hombre de la escoba y Jesús representan lo que es la bondad y la misericordia de Dios. Siempre estarán presentes para levantarnos si caemos, cobijarnos si tenemos frio, para darnos de comer si tenemos hambre, agua si tenemos sed y subirnos a lo más alto para que podamos iniciar el vuelo sin miedo alguno.

"Si tan solo supieras -me dijo abuelo- que Dios ama a sus hijos desde antes que nazcan. Los reconoce como suyos desde el principio, desde el mismísimo vientre, donde te guarda por varios meses. Seguro que hoy, Él te buscará y te encontrará y te perdonará porque esa es la esencia de Su ser. Para que sepamos cuánta verdad encierran estas palabras, en la Biblia aparecen impresas para nuestro disfrute. **«Me viste antes de que naciera. Cada día de mi vida estaba registrado en tu libro. Cada momento fue diseñado antes de que un solo día pasara. Qué preciosos son para mí tus pensamientos, oh Dios»** (Salmo 139:16).

Un camino andado, una senda, un destino

La lluvia es más fresca cuando
la recibimos conscientes de
su poder transformador.

Parece que va a llover

Cuando me levanté aquel día en la mañana noté que estaba bastante nublado. Me dije: da la impresión que va a llover. Pensé que no iba a poder llegar a la escuela porque el camino se ponía difícil de transitar. Aun así, me preparé para que mami no creyera que era una excusa que yo daba para "comer jobos", como ella decía.

A media mañana se desató un gran aguacero que duró más de media hora. No podía hacer nada, así que me senté para ver cómo caía la lluvia fresca de primavera. Estaba dormitando cuando me vino el pensamiento de una conversación que tuve con abuelo. Me puse en pie de un salto. Se me ocurrió ir a su casa por si necesitaba algo. Mami me dio permiso, así que me dirigí allá más contento que un perro con dos rabos. Lo encontré con la Biblia en la mano, un poco pensativo.

Cuando se dio cuenta de mi presencia, se levantó, me dio un abrazo y me ofreció que me tomara un jugo de china que había exprimido hacía poco. La curiosidad me llevó a preguntarle qué estaba leyendo. Con la ternura de siempre, me dijo que leía Deuteronomio 28. Me hizo saber que siempre que aparecía una nube, ese versículo venía a su memoria. Alegaba que estaba agradecido por el cuidado que Dios tenía para todos. Le pregunté que decía, a lo que él respondió, "Escucha con atención, grábalo en tu mente, es una promesa y quiero que sepas algo, aunque eres muy joven, es bueno que desde ya empieces a hacer tuyas las promesas de Dios. La lluvia que Él provee, te va a alcanzar a ti también porque ha puesto los ojos sobre ti para bendecirte. Mi consejo es que estudies, que te prepares, que te esfuerces porque la recompensa de parte de Dios te alcanzará. **«El Señor enviará lluvias en el tiempo oportuno desde su inagotable tesoro en los cielos y bendecirá todo tu trabajo»** (Deuteronomio 28:12).

Además de esto -continuó abuelo- te recuerdo que de la misma manera que la tierra bebe la lluvia que cae sobre ella y produce todo aquello para lo que es útil, así es la palabra de Dios. Está disponible para todos si sabemos aprovecharla. Si la lluvia fresca de Su palabra es recibida con una mente abierta y nos mantenemos expectantes a lo que Él ha prometido, pronto veremos el cumplimiento de todo lo que ha dispuesto para cada uno de sus hijos. Dice así: **«He aquí, yo estoy contigo, y te guardaré por dondequiera que fueres, y volveré a traerte a esta tierra; porque no te dejaré hasta que haya hecho lo que te he dicho»** (Génesis 28:15)".

Pasada la media tarde, después del almuerzo, me regresé a casa con un pensamiento que daba vueltas en mi cabeza. La lluvia de esa mañana que llegó sin avisar, era parte del plan de Dios. Nada más y nada menos que tuve un encuentro con el abuelo que Dios escogió para mí y que lo puso en mi camino para que, en tiempos de dudas o temores, tuviera a quien recurrir. Así aprendí a amar a Dios. Así aprendí a amar al abuelo. Así aprendí a amar la vida.

Luego de llegar a casa y ponerme cómodo, recordé que, en algún momento, abuelo me había mencionado el libro de Joel. Lo busqué. Al encontrar lo que decía me di cuenta que lo que ocurrió en la mañana no era casualidad. El versículo dice: **«¡Alégrense ustedes, habitantes de Sión, alégrense en el Señor su Dios! Él ha dado la lluvia en su momento oportuno, las lluvias de invierno y de primavera, tal como antes lo hacía»** (Joel 2:23).

Un camino andado, una senda, un destino

La tierra que te vio nacer te quiere
ver crecer, para juntos dar fruto
a través de una gran cosecha.

Esta es mi tierra

Aprendí a amar mi tierra desde muy pequeño. Cuando digo mi tierra, me refiero al lugar que me vio nacer, la finca familiar donde crecí. En un momento dado tuve la oportunidad de viajar con mi mamá al área metropolitana para hacer algunas gestiones médicas. Pasaba por una avenida, cuando de pronto vi un enorme letrero en un edificio muy grande, que decía: "Esta es mi tierra".

Por mi mente pasó un pensamiento un tanto nostálgico. No llevaba ni una hora fuera de mi hogar, lejos del campo, cuando me dije que no sabía qué pasaría si no pudiera regresar a mi lugar de origen. Ese día, luego de dejar a mami en casa, pasé por la casa del abuelo. Se puso muy contento al verme y me preguntó cómo nos había ido. Le respondí, "Todo muy bien abuelo pero…". Cuando él me escuchaba decir, "pero…" y me detenía unos segundos, sabía que algo pasaba. Fui breve al contarle la experiencia y lo que ocurrió con el letrero que había visto.

El abuelo aprovechó la ocasión. "Pensando en lo que me dices, viene a mi mente lo que aconteció con Jesús y una gran multitud que lo seguía para escucharlo. Les contó una historia en forma de parábola, la que es identificada en la Biblia, en Lucas 8:4-15 como *La parábola del sembrador*. Abuelo continuó, "Cuando Jesús terminó, ellos les preguntaron qué significaba su contenido. Jesús no dejaba nada para luego, así que allí mismo les dijo: (1) las semillas que cayeron en el camino, se refieren a aquellas personas que oyen el mensaje, pero no lo albergan en su corazón y eso impide que crezcan. (2) las que cayeron sobre tierra rocosa, son las que oyen con cierta alegría, pero al no tener raíces profundas, luego de un tiempo se alejan. (3) las que cayeron entre espinos, son los que oyen el mensaje que luego es desplazado por las preocupaciones y nunca crecen hasta la madurez. (4) las que cayeron en la buena tierra son las personas que oyen la palabra de Dios, se aferran a ella y eso hace que se produzca una cosecha enorme".

Abuelo Tomás cerró la conversación con broche de oro. Me dijo que era importante que hiciera lo posible para que poco a poco fuera aplicando esta enseñanza. "Todo esto es beneficioso para llevar una vida acorde con lo que Dios diseñó para cada uno. Esto es lo que debe ocurrir, entre otras cosas:

1. Tener presente que cada enseñanza llega para echar raíces profundas, así como el árbol que sembramos. De cada uno depende hacer lo que haya que hacer.

2. Permitir que cada vez que recibimos una palabra que nos da esperanza, sea para activar y aumentar nuestra fe. Si la Palabra no es lo profunda que debe ser, crecerás débil.

3. Reconocer que cada mensaje puede desplazar todas las preocupaciones que atrasan nuestro caminar. Cuando vas andando agarrado de la mano de Dios, te sientes más fuete y seguro. No hay tempestad que derribe el árbol ni te derribe a ti.

4. Recordar que una buena cosecha está en camino si se mantiene activa la fe, creyendo que la semilla fue buena y agradable para Dios.

Lucas, -me dijo abuelo con cariño- creo que Dios te quiso hablar a través del letrero. En otras palabras, Dios te recordó lo importante que es encontrarse siendo parte de una tierra, o sea de un pueblo, país o barrio. Es ese llamado a no dejar de amar lo nuestro. Creo que ya estás listo para esa cosecha grande que Dios tiene para ti, de hecho, el letrero no estaba allí por casualidad. Dios lo dispuso así para que nunca dejes de repetir, mirándote a ti mismo, desde lo que ven tus ojos físicos hasta lo que ven tus ojos espirituales. Deja que de lo profundo de tu ser salga un grito, en la seguridad de que Dios te escucha…Esta tierra es mi tierra, así que siempre la cuidaré porque fue diseñada con amor".

El ruido y la confusión pueden distraerte,
pero Dios y su dulce voz te llevan
a otro nivel

La misma cantaleta

En otra ocasión, que también amaneció nublado, tuve que esperar un rato para salir hacia la casa de abuelo. Hacía tres días que no lo veía y me hacía falta. Me dije, "Tan pronto aclare un poco, voy para allá". Luego de un rato, ¡al fin aclaró! Cuando llegué, abuelo estaba leyendo un libro que le regalaron en esos días. Es que mi abuelo ayudó a unos jovencitos con una asignación y ellos quisieron hacerle un obsequio. Cuando me vio se puso en pie, nos saludamos, nos abrazamos para luego sentarnos uno frente al otro para completar una conversación que teníamos pendiente.

Un par de semanas atrás, pasando por la casa de Don Herminio y Doña Clotilde, los escuché hablando en voz alta. Me dio gracia porque él le decía que dejara la cantaleta que no era un nene chiquito. A la verdad, esa palabra me sonaba rara, pues no la había escuchado antes. Lo primero que hice fue preguntarle al abuelo cuál era su significado. Me dijo que es cuando te repiten las cosas muchas veces hasta el hastío. Es una repetición molesta o insistencia inoportuna como lo es, un regaño o un reproche. Con razón Don Herminio le suplicaba a su esposa que no volviera con la cantaleta de siempre y que lo dejara en paz.

"Lucas, -dijo el abuelo- te voy a hacer un cuento para que puedas entender mejor el significado de cantaleta: *Había una vez una señora que siempre le decía a su esposo que no dejara la ropa en el suelo. Pero su esposo siempre lo hacía. La señora se cansó de decirle lo mismo una y otra vez, así que decidió hacer algo diferente. Un día, cuando su esposo dejó la ropa en el suelo, ella la recogió y la guardó en una bolsa, sin decirle nada. Al día siguiente, cuando su esposo se levantó para vestirse, no encontró su ropa. La señora le dijo que la había guardado en una bolsa porque él no la había recogido del suelo. El esposo se sintió mal y prometió no volver a dejar la ropa en el suelo. Desde ese día, la señora nunca más tuvo que decirle a su esposo lo que tenía que hacer con la ropa. Él aprendió la lección y nunca más volvió a hacerlo".*

Estuvimos un rato riéndonos. Luego le dije: "Abuelo yo pienso que eso fue lo que pasó con Don Herminio y Doña Clotilde. Creo que ahora entiendo a mami cuando me tiene que decir lo mismo un montón de veces". Aproveché para preguntarle si hay alguna enseñanza que me sirva de lección.

"Siempre se aprende algo, me aseguró el abuelo. Hace poco leí un artículo que decía que en términos psicológicos, la cantaleta puede ser considerada una forma de comunicación poco efectiva, ya que puede generar rechazo y deteriorar la relación entre las personas. Partiendo de eso, te aseguro que muchas de las situaciones que se dan entre parejas, padres e hijos y hasta entre amigos, tiene que ver con el uso excesivo de las cantaletas. Ah, pero de forma positiva, están unas palabras en la Biblia que parecen una cantaleta, pero están ahí para bendecirnos: «**Así que la fe viene por el oír y el oír de la palabra de Dios**». Es una cita bíblica que se encuentra en Romanos 10:17. Se refiere a la idea de que la fe en Dios se adquiere a través de escuchar y escuchar la palabra de Dios sin cansarnos, para luego ponerla en práctica, que en realidad es lo más importante".

Como mi abuelo no hay dos. Tiene tanta paciencia para explicar todo lo que le pregunto, que no dejo de admirarlo. Hasta me recitó un poema. Le pregunté si lo había escrito él mismo y en lugar de contestarme me preguntó, "¿y tú qué crees?". No le contesté porque si le decía que creía que lo había escrito, me hubiera dicho que no lo hizo. Si le digo que creo que no fue el quien lo escribió, me diría que sí lo hizo. A veces hacía estas cosas para cucarme, o sea, para molestarme en el mejor sentido de la palabra. Abuelo se dio cuenta cuánto me gustaba hacerlo reír y que él me hiciera reír a mí.

Todavía algunas personas se preguntan de dónde he sacado mi ingenio. Un día se lo comenté a abuelo. Me dijo que esa era una facultad del ser humano para discurrir o inventar con prontitud y facilidad. En otras palabras, es la intuición, el entendimiento o facultades poéticas y creadoras propias de aquel que las descubre como parte de su equipaje, diseñado por Dios. No entendí del todo, pero si abuelo lo dice, así es. Nunca olvidaré que un día, abuelo me dijo: "De poetas y locos, todos tenemos un poco". Aquí quedó demostrado.

Cantaletear

Si quieres que te haga caso,
deja de cantaletear,
pues te aseguro que pronto
te dejaré de escuchar.

Entiendo lo que me dices,
no me presiones más,
solo dilo de una vez
y deja de cantaletear.

Quisiera salir corriendo,
tu insistencia me hace rabiar,
deja de decir lo mismo
deja de cantaletear

Si te hiciera a ti lo mismo,
no me lo ibas a aceptar,
por eso, un día de estos,
te voy a cantaletear.

Un camino andado, una senda, un destino

La sabiduría siempre viene acompañada de comprensión y de sentimientos que nos hacen vibrar.

¡Vaya pregunta!

La sabiduría de mi abuelo no tenía límites, ya lo he dicho muchas veces. Llegó a recordar anécdotas de su padre que no dudaba en compartir. Para mí fue tan interesante que le hice recordar muchas de ellas. Pensaba que algún día yo también sería abuelo y podría compartirlas con mis nietos. El tiempo pasa rápido y hay que estar preparado, eso me decía abuelo.

En la conversación de ese día no podía faltar una pregunta que yo me hacía, como pasaba en otras ocasiones, pero nunca obtenía respuesta. "Abuelo, dime la verdad ¿cómo es que se pierde la vida?" El abuelo se quedó pensativo. Lo sabía, lo cogí infraganti. Aunque en ocasiones pensaba lo que iba a decir, luego de unos minutos, contestaba. "¡Vaya pregunta que me haces! La vida se pierde de muchas maneras. Por ejemplo, cuando la gente se empeña en hacer las cosas a su manera, pudiendo hacerlas a la manera de Dios. No se dan cuenta que están estancados, dicho de otra manera, 'no sacan los pies del plato', solo porque así lo han decidido. Aunque respiran, caminan, hablan y escuchan, no viven a plenitud.

Otra forma es cuando se pasan haciendo juicio sobre todo lo que ven sin darse cuenta que esos juicios son innecesarios, porque si miran sus vidas, se darán cuenta que son un desastre, en otras palabras, miran la paja en el ojo ajeno. Jesús nos lo recuerda de manera sencilla porque estaba claro en cuanto a lo que pensaba y vivía.: **«¿Y por qué te preocupas por la astilla en el ojo de tu amigo cuando tú tienes un tronco en el tuyo? ¿Cómo puedes decir? "Amigo, déjame ayudarte a sacar la astilla de tu ojo,**

cuando tú no puedes ver más allá del tronco que está en tu propio ojo» (Lucas 6:41-42)".

Abuelo no paraba de hablar. Se acomodó en su sillón. Se meció por un ratito y luego añadió aquello que entendía que era bueno para mí. Lo que me compartió me hizo reflexionar profundo. Sé que me conocía muy bien y deseaba que no quedaran preguntas sin respuestas. Esto fue lo me dijo: "Además de lo que te mencioné al principio, la vida se pierde...

- Cuando te pasas todo el tiempo juzgando a los demás por sus errores y no corriges los tuyos. **Mateo 7:1-2**

- Cuando te lamentas a cada momento por haber fracasado sin darte cuenta que el fracaso es un camino abierto, que te lleva a dar el próximo paso, así que no todo está perdido. **Proverbios 4:11**

- Cuando envidias a los demás por lo que hacen y logran y no buscas superarte para así lograr lo que Dios te ha llamado a hacer, a través de una asignación especial, dirigida por Él. **Santiago 3:14**

- Cuando te focalizas solo en las cosas negativas y dejas de disfrutar todas las cosas buenas que la vida misma te ofrece. **Eclesiastés 3:22**

Si consideras todo esto que te he compartido -me dijo abuelo- y lo pones en práctica, aunque sea una, al final te darás cuenta que somos responsables de nuestros actos. No pienses que eres muy joven para tener esto en cuenta. En Proverbios 22:6, se nos dice: **«Instruye al niño en su camino, y aun cuando sea viejo no se apartará de él»**. Según vayas creciendo comprenderás lo que te digo. La vida no se pierde cuando dejas de respirar, sino cuando dejas de soñar, de hacer el bien y tomar el camino que te llevará hacia una vida victoriosa que Dios ha prometido. Haz tuyo Proverbios 2:9 **«Entonces comprenderás lo que es correcto, justo e imparcial y encontrarás el buen camino que debes seguir»**".

Creo que abuelo estaba decidido a dejar un buen legado, como muchos que le antecedieron. Consciente de su edad me dijo unas palabras que nunca pude olvidar. Me fue preparando poco a poco para cuando él ya no estuviera presente. Uno de eso días que estaba directo, me dijo: "La tecnología es un medio que nos ayuda en muchos aspectos. Encontramos mucha información que nos lleva reflexionar, a través de pensamientos profundos que nos hacen vibrar. Busca la forma de sacarle provecho".

Recuerdo las palabras de abuelo cuando me mencionó que el día que él partiera de este mundo, no era porque perdiera la vida, sino porque había un nuevo hogar donde sería recibido con amor.

Estuve repasando algunas notas y di con estos pensamientos que añaden un dulce sabor a lo que es una pura conexión entre abuelo-nieto y nieto-abuelo:

«Si eres tan afortunado de tener un abuelo, no necesitarás un libro de historia.»
-Hannah Whithall Smith

«No hay en nuestras vidas un cómplice más hermoso que el abuelo; en él tenemos a un padre, a un maestro y a un amigo.»
-Leticia Yamashiro

«Después de un tiempo, a Dios se le hizo muy difícil estar en todas partes, así que creó a las abuelas.»
-Autor desconocido

Dios nos regaló Su tiempo. Sé agradecido.
Regálale tú, el tuyo.

El tiempo pasa

Hoy no voy a la casa de abuelo, aunque me levanté más temprano que nunca. Mejor voy a caminar por aquellos lugares que me hacen recordar tantos momentos agradables junto a él. Tal vez de regreso entre, me siente en su sillón y me quede un rato recordando los cuentos, anécdotas e historias que me hacían reflexionar. El tiempo pasa. Deja huellas. Señala un camino que, aunque ya fue andado, continúa marcando por dónde debemos continuar, para descubrir un destino glorioso.

Llegó el momento de regresar a casa, pero antes miré alrededor. Mi abuelo ya no está, se fue físicamente. Lo que nadie sabe es que buscó la forma de quedarse. Lo hizo teniéndome en cuenta todo el tiempo. Buscaba que yo estuviera con él poniendo cualquier excusa. Lo encuentro en cada esquina de la casa como si me estuviera espiando, en el olor a café que él mismo colaba y entre las páginas de algún libro que solíamos leer. Sobre la mesa, la Biblia que compartimos tantas veces. Estaba abierta en Mateo 18:19-20 (marcado en amarillo) **«También les digo lo siguiente: si dos de ustedes se ponen de acuerdo aquí en la tierra con respecto a cualquier cosa que pida, mi Padre que está en el cielo la hará. Pues donde se reúnen dos o tres en mi nombre, yo estoy allí entre ellos».** Él me quería de una manera especial. Se aseguró de que yo entendiera cada cosa que dejaba como recuerdo de nuestros encuentros. Lo mejor de él lo dejó impreso en mi alma.

Una carta junto a la Biblia, causó que me brotara una lágrima. Me parecía saber qué dejaba escrito. Fueron tantas las horas que pasamos juntos, que aprendí a conocerlo, como nadie lo había hecho. No fue fácil, pero la leí:

Gracias Lucas por bendecirme desde niño todas las veces que llegaste a casa. Dios lo hizo así. Todo lo que adquiriste, a través de este viejo abuelo, lo pasarás a otras personas, pero lo que tú eres, será tuyo para siempre. Me voy feliz por haber cumplido con mi deber de abuelo. De lo poquito que te dejo, quiero que guardes en tu corazón, el legado que cambiará vidas, como lo son, todo lo que recibiste a través de la Biblia, historias, anécdotas y las experiencias que viviste en este tu caminar por la vida que, aunque corta pues eres muy joven, ha sido de mucho provecho. Amado Nervo, poeta y educador mejicano me impactó con estas palabras que se encuentran en su poema **En Paz**: *"Amé, fui amado, el sol acarició mi fas. ¡Vida, nada me debes! ¡Vida, estamos en paz!"*

Sugiero que de vez en cuando, te tomes un tiempo para reflexionar, así podrás descubrir las nuevas oportunidades que Dios te regala. A veces creerás que no puedes hacerlo. Mi recomendación es, que sigas estos principios que abrirán tu mente y tu corazón y harán de ti un hombre valioso. Albert Einstein lo dijo de esta manera: **"En lugar de ser un hombre exitoso, busca ser un hombre valioso; lo demás llegará naturalmente".** *No te enfoques en lo que asombra, sino en aquello que transformará tu vida. Para que esto ocurra: ama a Dios sobre todas las cosas. Esta experiencia también te guiará a amar y comprender a las personas que te rodean. Dedica tiempo de calidad a tu familia. Ora por ellos y con ellos. Perdona a otros y a ti mismo. Eso es lo que haría Jesús. Recuerda cuando hablamos de "esta tierra es mía", cuídala y vela por ella. Sé firme para que cada paso que des sea para lograr algo mejor. Ríe todas las veces que puedas. Es la mejor terapia para disipar las penas. Mejora tu semblante haciendo que tu rostro resplandezca. Sé íntegro. Aprende de las experiencias negativas, estas también, tienen algo que aportar. Sigue adelante. No te rindas. Haz de Jesús el centro de tu vida y verás cuántas cosas te serán añadidas. Anda de*

Su mano y el camino te parecerá un remanso de paz. La vida te parecerá más bonita, desde que vas junto a Él.

Lo vivido con abuelo me permite decir, que ellos están ahí para ti y su amor es verdadero e incondicional. Ellos tienen la oportunidad de fortalecer el lado creativo de sus nietos con historias que recordarán para siempre. Son esas personas que nos aman de manera especial y a quienes hay que darles mucho cariño y amarlos como ellos lo hacen sin esperar nada a cambio.

Estos pensamientos son parte de lo que abuelo depositó en mi corazón. Me los compartió luego de ver una película, a la que no le di mucha importancia, como la que le doy en este momento. El abuelo sí sabía lo que hacía.

"Si no me quieres, pero me necesitas…me quedo".

"Si me quieres, pero no me necesitas… me voy".

Abuelo de mi alma, cuánto te amo. Se lo demostré de maneras diferentes. No partió hasta estar seguro que me dejaba equipado para que continuara con paso firme por ese camino andado, que fue de bendición para ambos. Ahora hay una senda que me lleva hacia el destino glorioso que tantas veces me mencionó.

Oración

Gracias Dios por tu fiel compañía en este penúltimo tramo del camino. Bendice a cada abuelo, a cada abuela que escogiste para bendecir a tanta gente. Gracias por la vida y por derramar tu gracia sobre cada uno de nosotros, tus hijos e hijas. Gracias por el camino andado. Tú lo hiciste primero y hoy es un buen día para recordarlo, porque el tiempo pasa, pero Tú no. Aprenderé a mirar más allá de lo que me rodea, hacia lo que es verdaderamente importante, porque es para toda la vida. Sé que estuviste, estás y estarás presente por lo siglos de los siglos. Amén.

Descubriendo posibilidades

Crónica: Un camino andado, una senda, un destino, nos ofrece la oportunidad de descubrir ese destino glorioso, que hemos deseado por mucho tiempo. Para que se dé en el mejor contexto, debemos estar atentos para que cada parada nos motive e inspire a dar el próximo paso. Ralph Waldo Emerson nos lo dice así: "Pocas personas saben cómo dar un paseo. Los requisitos son resistencia, ropa sencilla, zapatos viejos, un ojo para la naturaleza, buen humor, gran curiosidad, buen discurso, buen silencio y nada más".

Para lograrlo de forma plena, esto te puede ayudar:

1. Tu actitud debe estar acorde con lo que has soñado.
2. Lo que esperas debe estar centrado en las promesas de Dios.
3. Visualiza cada día como una gran oportunidad para lograr tus sueños. Te será de crecimiento en todos los aspectos.
4. La fe debe moverte a creerle más a Dios y menos a las circunstancias que te rodeen. Jesús es parte del plan perfecto de nuestro Padre.
5. Recordar todo el tiempo, que Dios camina a tu lado para socorrerte de cualquier situación imprevista que tienda a detenerte.
6. Recordar, según este proverbio chino, que hay cuatro cosas que no retornan: la palabra pronunciada, la flecha lanzada, la vida pasada y la oportunidad desperdiciada. En ti está decidir. Así te ayude Dios.

"En el viaje de la vida no solo se trata de avanzar y llegar a nuestro destino sino también de disfrutar el camino".
-Arthur Schopenhauer

Que tu andar te dirija hacia experiencias que estén llenas de aprendizaje y momentos significativos. Que en tu andar puedas detenerte, respirar, y por un momento, levantar la vista al cielo para hablar y agradecerle a Dios por considerar traerte a esta expresión de vida.

Oración

Señor, ayúdame en mi andar por la vida, a enfrentar esas situaciones adversas, difíciles de comprender. Sé que me diste la clave: "En el mundo tendrás aflicciones, pero confía, yo he vencido al mundo". Dame la fortaleza para aceptar que esos momentos ocurrirán, pero siempre estarás conmigo para guiarme, sostenerme en tus brazos y darme la fuerza necesaria para superarlos y así poder dar testimonio de tus grandezas.

Te doy gracias pues estoy consciente que tus oídos están prestos a escucharme. Es en tu tiempo que recibiré la respuesta que me hará comprender cuánto me amas. Oro, creo y confío en el poder de tu amor. La gloria siempre será para ti. Amén.

Datos sobre la autora

María Isidora Rodríguez Avilés, conocida por muchos como Doris y para otros María Doris, nació en el Barrio Bartolo de Lares, Puerto Rico. A temprana edad la familia se mudó a San Juan, en busca de un mejor porvenir. Tiene tres hermanas, Zulma, Irma, Mara y Fredy, su hermano mayor. Tiene dos hijos, Rafael y Nelson Luquis. Es abuela de seis nietos y bisabuela de dos niños y una niña. Hace 31 años que vive su estado de viudez.

En el 1984, a sus 42 años, asistió por primera vez a la Universidad Sagrado Corazón, donde obtuvo su bachillerato en Psicología Industrial. Continuó estudiando hasta lograr la Maestría y el 1995 completó el Doctorado en la Universidad Interamericana. Por razones ajenas a su voluntad no pudo terminar la tesis. Dios tenía otros planes.

A los 54 años empezó a trabajar como actriz de teatro en diferentes comedias, escritas por Nelson Luquis. Entre ellas: Hasta que las suegras nos separen, Por poco toco un loco, Permiso ¿dónde está el baño? ¿Preso yo?, Los cascos de Rogelio, Te tengo un Notición. Las Parábolas de Jesús y en el 2019, ¿Qué pasó en el 1997? Fue parte de los cortometrajes "En tu borde" y "La señora Zorrilla," escritos y dirigidos por Pamela Luquis. Además, fue parte del elenco del largometraje Creeré, basada en hechos reales, del cineasta Julio Román.

En el 2004, a sus 62 años, Dios le confirmó que su llamado era llevar Su palabra. Junto a dos damas fundó la Iglesia Fuente de Agua Viva en Caguas. Allí estuvo hasta enero de 2010.

Se mantuvo activa por doce años con el Proyecto Esperanza, dándoles apoyo espiritual a un grupo de caballeros con diferentes situaciones de salud. Compartió con el Ministerio Hilos de Plata por cuatro años. Fue parte de los voluntarios del Museo de Puerto Rico, leyendo cuentos a los niños y niñas visitantes, por más de diez años.

Participó en varios programas de radio, llevando mensajes llenos de optimismo dirigido a las personas de la tercera edad. Algunos de los segmentos fueron: Encuentro de Oro y Que no se te vaya el tren.

En el 2015 publicó su primer libro *Crucemos el valle juntos*. En el 2016, a sus 74 años, obtuvo el grado Magna Cum Laude en Consejería Clínica. En diciembre de 2021 se publicó su segundo libro, *Escalemos ese Monte*. Su tercer libro *Alcancemos el cielo*, en el 2022, a sus 80 años. No hay quien la detenga, en el 2023 publicó su cuarto libro, *En tren por el sendero de la vida*. Llegó el año 2024 y con él, su quinto libro, *Crónica: Un camino andado, una senda, un destino*.

Como parte de su deseo de servir, lunes alternos está en Palo Seco, Toa Baja con el Círculo de Oración, donde comparte una reflexión basada en la Palabra de Dios. Además, se mantiene activa en el Ministerio Almuerzo con Dios, que dirige la Pastora Janice Batlle.

Casi 82 años, y todavía ofrece charlas, talleres, reflexiones y mensajes motivacionales en cualquier ministerio que la invite. Como diría su amigo, el Chef Iván Clemente: "Yo no sé cómo Dios lo hace, solo sé que Él lo hace". Hasta aquí la ha ayudado Dios. ¿Qué ocurrirá al pasar del tiempo? ¿Qué continuará sucediendo con su vida?

Sólo Dios lo sabe.

Made in the USA
Columbia, SC
16 October 2024